モノノ怪　執

仁木英之

角川文庫
23096

目次

第一話　鎌鼬

徳右衛門（とくえもん）

三河万歳の門付け芸人。芸を教えるのは厳しい父・忠右衛門（ちゅうえもん）。万歳とは、もとは農耕を害する獣や虫、病を祓い、田畠を荒らす精霊としての鹿や蟹を従わせるための呪言を謡い踊る芸のこと。三河や尾張地方でさかんなものを三河万歳という。

熊野神人の玄海（くまのじんにんのげんかい）

抜け目なく、盗み、犯し、何食わぬ顔で旅を続ける男。神人とは、伊勢や熊野、白山といった大社の神符を授かり、各国の信者のもとを巡って、祈禱や芸を披露していくばくかの銭を得る稼業のこと。

傀儡師（くぐつし）

豊前の人形遣い。内裏内侍所御神楽の系譜を継ぐもので、八幡の神威を以て施主の禍を祓い福を招くもの。祝詞のようなものを上げながら人形芝居をする。

角兵衛獅子（かくべえじし）

子の与兵衛と一緒に、越後地方の獅子芸をする。

薬売り

退魔の剣を持ち、モノノ怪の気配があるところに現れる。

鎌鼬（かまいたち）

これを使う人ありて、竹筒を持ちながら呪文を唱うれば、狐たちまちその管の中に入り、問いに応じて答えをなす。（井上円了『迷信解』）

※

年毎（としごと）に栄えゆく世を寿（ことほ）ぎて、
今朝新玉（あらたま）の春を迎えん
誠に芽出度（めでと）う候……

壁が崩れ、屋根のあちこちから冬の冷気が流れ込んでくるぼろ小屋に、鼓と謡の音が響いている。囲炉裏（いろり）には縁（ふち）の欠けた鍋（なべ）がかけられ、せめてもの暖をもたらしている。三河万歳（みかわまんざい）の門付け芸人、徳右衛門（とくえもん）の向かいでは父の忠右衛門（ちゅうえもん）が低い声で新年の祝いを唱えている。それに合わせて徳右衛門は鼓を打つ。謡と舞に合わせるはずが、わずかに音が揺れた。その刹那（せつな）、父は立ち上がると徳右衛門の頰を殴りつけた。

「何度言えばわかる」

父の汗と垢の臭いに、己の血の臭気が混じる。

「そんな芸で銭が取れるか！」

音が揺れた理由はわかっている。

「腹が減って……」

最後まで言い終わらぬうちに逆の頬を殴られた。

「お前の腹など施主は気にせんわ。俺も腹が減った。飯を作れ」

「作れと言われても、米ももうないよ」

「ないなら買ってこい」

「だから銭も……」

すると忠右衛門は柄杓で鍋の熱湯を汲むと、ためらうことなく息子の顔に叩きつけた。徳右衛門は悲鳴を上げて逃げまどう。

「米がなければ買ってこい。金がなければ稼いでこい。そのあてもないなら盗んでこんか。何度同じことを言わせやがる」

小屋中に湯気が立ち、朦朧とした景色の向こうに醜い初老の男の顔が見える。黄色い歯が剝き出しにされ、その間から絶え間ない罵倒が降り注いでくる。物心ついた頃から、数えきれないほど繰り返されてきた光景だ。

何も思わない。ただ何も考えられなくなって心が虚ろなものへと変わっていく。痛みも恐怖も全て消えさり、諦めの中で許しを請う。そうすれば父の気もすんで、後は逆らわないように気を付けていればよかった。

なのにこの日は違う。打擲は強く、叱責は終わらない。虚ろな心の中に痛みが鳴り響き続ける。やがてそれは黒い奔流となって空っぽになったはずの魂魄の中に渦巻き始め、一気に口から噴出していく。

「これは……」

目の前で父が何かを振り上げている。熱湯を汲んでいた柄杓ではなく、細長い銀の棒だった。先端は研ぎ上げたように尖り、そんなものを刺されたら急所でなくても死んでしまう。徳右衛門の怒りと恐怖の奔流がそれを飲み込んだ。

次に彼が気付いた時には父の姿はなくなり、ただどす黒い血だまりが小屋の中に広がっているばかりであった。

一

鼓の音と共に烏帽子に長袴姿の若者が歌い舞う。東照大権現天下ご一統のみぎり、諸国検分、調略の功を以て関東十七州、やがては天下往来御免の許しを得た。鼓一つを音曲の源とし、種々の道具と見立て、天下万物を寿いでみせる。それが三河万歳をもっぱらとする芸人だ。

「……ご当家さまには代々栄えてあら楽し」

万歳楽を終えて徳右衛門が深々と頭を下げると、そこには祝儀袋が置かれている。その重さを確かめ、ほくそ笑みそうな表情を慌てて引き締める。次の出番を待つ熊野神人が苛立った表情で場所を空けろと睨みつけていた。

普段、芸を売り込みに来る「推参」な芸人たちは忌まれる。どの村に居つくこともできず、旅路に宿を願っても母屋で休めることはない。だが、新年だけは別だ。富ある者は競って門付けを招き入れ、新しい年の禍を祓い、福を招こうとする。

「芸のご披露が終わった方はこちらへ」

庄屋の番頭が丁重に出迎えてくれる。これは望外のもてなしである。芸人を母屋へ上げて酒飯をふるまう。それは家に特別な慶弔があったことを意味する。村に縛り付けられた人々にとって、旅を続ける芸人は禍を運ぶだけではない。とりついた禍を運び去り、また福を運び込んでくれる存在でもある。

「……権兵衛が種子まき、烏がほじくる。かならずこれを見習って、人のカサなどほじくるな、それさえなければ国家安泰、家内安全……」

熊野神人の玄海があほだら経を唱え終わり、新春のまだ寒い時季だというのに真っ赤な顔に汗を浮かべて徳右衛門の方にやって来た。神人とは伊勢や熊野、白山といった大社の神符を授かり、各国の信者のもとを巡る。その際に祈禱や芸を披露していくばくかの銭を得る稼業だ。

「管家の旦那、気前がいいだろ?」

「管狐の加護を得た家、ということですよね」

父の遺品を検めている際に、年始に一人向かう奥三河の村を知った。信濃との国境に近いその村の庄屋は門付けを歓待してくれる郡で一番の富農であり、その富の源は飯綱や鎌鼬とも呼ばれる「管狐」だという。父が何故そのようなことを知っているのかまではわからなかったが、書きつけに新年必ず訪れるべきところとあるのを見て、徳右衛門は足を運んだのだ。

「若いの、ここは初めてかい」

「父に聞いてきました」

「先代の忠右衛門さんは亡くなったのかね」

「ええ、昨年中に」

「そら気の毒に」

神人はだみ声で阿弥陀経を一節唱えた。

「お布施はつけとくよ」

「頼んでません」

「門付けが頼まれて芸をするかね」

推参して代をせしめるのが芸人だ、と坊主は肉に埋もれそうな目をさらに細めた。

「わしは玄海だ。門付け同士仲良くしようぜ」

これは油断ならぬ、徳右衛門は警戒した。村の人々が門付けに母屋を貸さぬのは、彼らが抜け目なくよからぬことをするからだ。父も自分もそうだ。近くにいる誰かが隙を見せれば、それなりの果実をいただく。

盗み、犯し、何食わぬ顔で次の村へと旅を続ける。徳右衛門は母の顔を知らない。旅の途中で拾ったと父には聞かされていたが、どこかの村で犯して産ませたか盗んだのだろう、とは思っている。

「早く宴を楽しみたいものだのう」

傀儡師が門前で芸を披露している間、玄海は路傍の岩の上に肘をついてつまらなそうに眺めている。

「三河万歳か。親父さんの芸は大したものだったよ」

三河や尾張でさかんな万歳は、もとは農耕を害する獣や虫、病を祓う呪言からはじまり、田畠を荒らす精霊としての鹿や蟹を従わせるための呪であった。その呪と舞が滑稽な謡と身ぶりに変わっていったものだ。

門前では幼い子供に曲芸をさせる角兵衛獅子が続いている。

「お主は三河、わしは紀州、傀儡は豊前、獅子舞は越後と天下の芸が一堂に会したというべきではないか。それに薬売りまでいる。あいつは越中かな」

神人は暢気にそんなことを言うが、正月だというのに村はしんと静まり返り、庄屋の門前に麗々しく飾られた一丈ほどもありそうな門松がかえって空々しい。

「はやり病があったそうだ」

徳右衛門は路傍に生えていたオオバコを一葉ちぎると口に含んだ。

「だから薬売り風情が新年からほっつき歩いているんだな」

薬売りは若い男に見えた。顔に隈取のような化粧を施し、雲が渦巻くような華やかで傾いた衣を身にまとっている。

「あいつの薬、儲けの種になる」

「見たんですか」

「ああ。遠江(とおとうみ)の境から道が同じで横目で見てるが、行く先々で病人を助けてる。あのたいそうな行李(こうり)に入ってる薬、ちょっとしたもんだぞ」

新春だというのに妙に暖かい。徳右衛門は額の汗を拭(ぬぐ)った。熊野神人はねっとりとした視線を薬売りの行李に向けている。

「これより新年の宴を行います。皆様は客間の方へどうぞ」

若主人が旅芸人たちを屋敷へと誘(いざな)った。

二

この屋敷には父に連れてこられることはなかった。新年の門付けは一年の中でもかき入れ時である。なのにここ数年は正月だけは里にいるように命じられていた。新年の上客なら自分にも紹介して欲しいと頼んだこともあったが、殴られて終わりだった。

熊野神人は真っ先に下駄(げた)を脱ぎ散らすと、母屋へと上がっていった。徳右衛門は道具を片付けていた角兵衛獅子の子と一緒になった。獅子芸をしていた子供は三河万歳の正装を見たことがないのか、徳右衛門を珍しそうに見上げている。

「坊主はここに来るのが初めてかい」

徳右衛門が尋ねると、少年は首を振った。

「兄ちゃん、ここに来ると銭をたくさん貰えるんだ」

「親父さんは駄賃をくれるのか」

「俺にはくれねえけどさ」

少年は腹立たしそうに言うと、にっと笑った。父親がいると全く言葉を出さなかったのに、その姿が母屋に消えると急に饒舌になった。

「俺は与兵衛ってんだ」

獅子の子はそう名乗った。越後は米どころだが、旅芸人には耕すべき土地もない。村の子と遊ぶことも許されず、夜明けから日が暮れるまでひたすら芸の稽古をする。うまくいけば何も言われないが、しくじれば殴られる。殴られるのは嫌だから必死に芸をやってみせるがうまくやったところで何か褒美をもらえるわけでもない。

「やってらんねえ」

与兵衛は吐き捨てる。

「俺も子供の頃から親父に連れられてあっちこっちで滑稽話をやってきた。楽しいと思ったことなんか一度もなかったな」

徳右衛門の言葉を聞くと、少年はもう一度にっと笑った。

「旅芸人ってみんなそうなのかな」

「わからないな。他の芸人と話すこともあまりない」

「おいらもだよ」

徳右衛門にも三人の弟がいた。一人は赤子のうちに死に、残りの二人はどこかへ売られていった。もし近くにいたら角兵衛獅子の子と変わらぬくらいだ。父に奴婢のように扱われ、厳しい旅路の中で流浪の日々を送るくらいならば、雨風しのげる納屋で暮らした方がましだと考えたこともある。

「ただ、このごろは違う」

徳右衛門が言うと少年は意外そうな表情を浮かべた。

「楽しいことなんかあるの」

「親父が死ねば楽しくなる」

少年はけたけたと笑ったが、門から父の姿が出てくるのを見てぴたりと笑うのをやめ、その表情は芸をしている時の、能面のように暗く冷たいものに戻っていた。薬売りが二人のやり取りを見ていたのに気付いた。

屋敷は広く、床は顔が映りそうなほどに磨き上げられている。新春の三河と信州の境には冬の気配が色濃く残っているが、冷気の中でさく椿があでやかな紅を放っていた。

「こちらへ」

番頭らしき年老いた男が広間の障子を開けて客を招き入れている。すでに宴の用意は調えられており、膳には鮑や昆布などの縁起物に加えて、酒樽も見える。

「これはこれは」

熊野神人の男が相好を崩す。

「年年歳歳見上げたお心がけ。穢れ禍は祓われて福徳に満たされるでありましょう」

番頭が出ていくと早速門付けたちは膳に手を付けた。

かりもりという白瓜のみそ漬け、蜂の子と炊きこんだへぼ飯、焼いたハゼを海藻で巻いたアラメ巻きなど、このあたり独特の珍味が嬉しい。「おおごちそう」という大根やら里芋、豆腐を大鍋で煮込んだものも好きなだけ食わせてもらえる。

「おい万歳」

酔った与兵衛の父が絡んできた。

「お前の親父はどうした。くたばったか」

「ええ、昨年の冬に世を去りました」

「世を去りました、じゃねえ。くたばったんだ。芸人が偉そうに世を去るなんてありえないな。ただくたばるんだ」

男は据わった目で言うと、徳右衛門の肩口に鼻を近づけた。

「お前さん、血の臭いがするな」

「何なんです」

徳右衛門はすっと距離を取った。

「殺したんだろ？　いや、責める気なんて毛頭ないぜ。でもあの野郎、病で死ぬようなタマじゃない」

「旅路では何が起こるかわからないでしょう」

「……ああ、確かにそうだな。なんだって起こる」

与兵衛の父は舌打ちをして徳右衛門の向かいに座った。その隣では薬売りが黙って箸を運んでいる。旧知の仲らしい熊野神人と傀儡師が声高に話したり罵り合ったりしている間も、薬売りが誰かと言葉を交わしている様子はなかった。

薬売りは端然と座し、身の傍らに短刀を置いていた。刀の類は確か玄関先で預けることになっていたが、この男はそうではないらしい。旅芸人はもちろん帯刀を許されるような身分ではないが、護身や日常で用いる短刀くらいは持ち歩いている。

それにしても、奇妙な短剣だった。反りのない鞘には五色の珠がちりばめられ、柄頭(がしら)には獅子か鬼の飾りがついている。その目がこちらをぎろりと睨(にら)んだ気がして、徳右衛門は思わず目を逸(そ)らせた。

「おい、いい道具持ってんな」

与兵衛の父は無遠慮に言って短剣に触れようとした。薬売りはちらりとも男を見ない。

「何だよ。減るもんじゃなし」

だが手を伸ばそうとした男の手はむなしく畳を撫(な)でた。そこにあったはずの短剣がない。薬売りは静かに座したままで短剣をしまった気配もない。

「妙な術を使いやがる」

与兵衛の父は再度舌打ちした。

三

「そりゃお前が悪い」

熊野神人がたしなめた。

「人の商売道具に手を出すのはご法度だ」

「薬売りに派手な刃物が必要かね。それにわしらの稼業にご法度も何もないもんだ」

角兵衛獅子(かくべえじし)が不愉快そうに言い返すと、厠(かわや)に行ってくると部屋を出て行こうとした。

だが、障子が開いてもそこには廊下があってさらに障子がある。

「はて面妖(めんよう)な」

その障子を何度開いても庭には出られない。振り返った与兵衛の父は、門付けたちが訝(いぶか)しそうに見ているのに気付いた。

「お前ら、これが見えないのか」

「庭を前に何をばたばたしているのだ。深酒でおかしくなったか」

熊野神人がからかうように言った。

「ならば庭の椿を一輪持って来てみろよ」

「ただで芸人を使うのか？」

「持って来られたら今日いただいた銭の半ばをやろう」

銭の話になれば目の色が変わるのが門付けというものだ。熊野神人は勇んで廊下に出る。だが障子に手をかけて廊下に出た後は同じ場所をぐるぐる回るばかりで目の前の庭に降り立つことすらもできない。

「なんだあ？」

熊野神人は腹立たし気に障子を蹴りつける。その足は障子に当たる寸前のところで何かに滑り、神人はもんどりうって倒れた。この部屋は何かがおかしい。気づいた時には徳右衛門は走り出していた。

その鼻先を冷風がかすめて慌てて足を止める。鼻に触れた指を見るとべったりと血がついていた。

街道に生きる者にとって、危機を察するのは銭の匂いを嗅ぎつけるのと同じくらい大切な技量だ。賊が出そうなところ、獣が待ち受けているところ、役人の手入れ、仇と狙っている者の殺意……。

害を為そうとする者の体臭や敵意を嗅ぎ取り、聴き取る力がなければ路傍の露となって消える。往来自由の芸人稼業がその芸よりも先に身につけるべき技であった。

これはまずいぞ。

まずいとなれば何とか生き残る道を探らねばならぬ。己一人が助かるのなら、誰を犠牲にしてもよい。さらに言うなら、己の腕や足一本犠牲にしてもよい。

それほどに芸人たちの逃げ足は速く、命を全うしようとするその本能は研ぎ澄まされているはずであった。もちろん、豪華な宴や高額な報酬で上機嫌になっていたとしても、常に罠ではないのかという疑念を忘れたことはない。

他の面々もそうしてきたからこそ、ここまで生き延びてきたはずだ。その門付けたちが皆驚きに言葉を失っていた。

「皆の衆」

そう口を開いたのは熊野神人だった。

「我らは天下をさまよい歩き、この世ならぬものを目にし、感じたこともあろう。天下には奇妙なことが起こり得ることを知っている。その力を目当てにここに来たのだろう？」

その間にも与兵衛の父が広間の四方の出入り口を確かめている。先ほどまでの狼狽は消え去って、この窮地を脱しようとする街道の者のしたたかさが表れていた。

だが、その鋭い感覚をもってしてもこの罠を見抜けなかった。開かぬ障子、越えられぬ廊下の向こうには新春のうららかな日差しが降り注いでいる。門付けたちは互いに顔を見合わせ黙り込んだ。

「お前さん、怪しいな」

傀儡師が一人動ずることのない薬売りの顔を覗き込んだ。

「ここにいる中でお前さんだけは見たことないんだよな。どこから来た。この屋敷のことをどうして知っている」

薬売りは黙って端座している。

「モノノ怪の気配あるところ我あり」

「モノノ怪？」

「なんだよそれ。妖とかそういうものか」

「似て非なるものなり。妖とはこの世の道理とは別の世にあり。モノは荒ぶる神、怪は人に祟りをなす。事の有様、心の有様が契機となってそれらが妖と結びつきし時、モノノ怪となる」

「そんなのがここにいるのかよ」

傀儡師が気味悪そうに広間を見回す。だが、新春のうららかな日差しが射しこんでくるばかりで、怪異の気配は感じられない。

「俺たちを閉じ込めているのはそのモノノ怪とかいうやつなのか。もしそうならどうやったらここを抜け出せるんだ。おい、お前は何か知ってるんだろ？　だからそんな平気な顔でいられるんだ」

薬売りは傀儡師を見ないまま、

「入口があれば出口がある」

ぽつりとそう言った。

「だから、その出口はどこなんだよ」

凄(すご)む神人の耳元にそっとくちびるを寄せると、薬売りは何事かを囁(ささや)いた。神人は顔をしかめて身を離し、

「真(まこと)と理(ことわり)だって？　意味がわからねえ」

と己の異装を棚に上げて吐き捨てた。

四

徳右衛門はそっと薬売りを盗み見た。この屋敷に入る時から、その気配も表情も一切変わらない。これから何が起こるかをこの男は知っている。どうしてこうなっているかも理解している。

己の身を助けたいなら、道を知る者の後につけばよい。もっとも、その道が確かなものであれば助かるが、嘘やはったりをしたり顔で隠すような者についていけば死ぬ。

（この男に賭(か)けてみるか。いや……）

まだわからぬことが多すぎる。門付けをここに集めて閉じ込めた。誰もが派手な衣装に身を包んではいるが、その懐は寂しいものだ。みすぼらしいのは好まれないから、

表は美しく取り繕うが、裏地はつぎはぎだらけだ。

しかしこの薬売り……。

徳右衛門はその衣の袖口を見つめていた。旅塵の気配が一切ない。どれほどの旅路をたどった後なのかはわからないが、新しく仕立てたばかりのようにすら見える。その時、目の前に袖口がぐっと突き出された。

「み、見ていたわけではない」

「見よ」

「何を？」

「その形、その真、その理」

袖口に描かれた紋様が渦を巻き、巨大な眼のようになって徳右衛門を睨みつけた。ひっ、と悲鳴を上げて尻もちをつく徳右衛門を見て、熊野神人があざ笑う。

「怖いかね。お前が死んだら衣はもらってやるよ」

こういう時でも強欲を忘れない。だがそれを聞いて徳右衛門はかえって落ち着きを取り戻した。

「じゃああんたが死んだら首にかけた大数珠をもらってやるよ。汚い木の玉に見えるが、そのうちのいくつかは金なんだろ」

坊主は一瞬表情をこわばらせたが、

「悪運は強い方だからよ。お前の親父さんのようなヘマはしないぜ」

その時、廊下に人の気配がした。何事かと門付けたちが身構えていると、番頭とは違う恰幅のよい男が現れた。黒い狐のような面をつけ、障子の向こうに立っている。門付けたちはその男に文句をつけるかと思いきや、さっと平伏した。

「施主さまには新年明けましておめでとうございまする」

屋敷の主であることに気付いて、徳右衛門も慌てて畳に手をつく。

「今年も手厚いおもてなし、まことにかたじけなきことながら我ら妖しき術にかかりし様子。何卒施主さまのお慈悲をもってお助け下さりますよう、伏してお願い奉りまする」

芝居がかってはいるがその声には張り詰めたものがあった。施主、と呼ばれた屋敷の主は仮面の下よりゆっくりと声を発しはじめた。

「我らは管家である。家宝の管が先年の正月、何者かに盗まれた」

主人の言葉に門付けたちは顔を見合わせる。

「管家はそのうちに住まう神獣、飯綱と共に栄える。我が家が栄えれば村も栄え、我らが健やかであれば村人も傷や病の災いに苦しめられずにすむ」

しかし、と主は語気を強めた。

「先の正月、芸を披露した者のうちから家宝を盗む不届き者が出たようだ」

徳右衛門は昨年の正月にはここに来ていない。だが他の者たちは互いの様子をうかがうようにちらちらと視線を向け合っている。

「家宝って何ですか」

徳右衛門は隣で畳に頭をすりつけている角兵衛獅子の親父に声をひそめて訊ねた。

薬売りに見られているような気配があって落ち着かないが、家宝の正体がやはり気になる。

「管家の宝なんだから鎌鼬にまつわるもんだろ」

鎌鼬という妖なら徳右衛門も聞いたことがある。烈風と共に来て身を切り裂く力がある。山を歩くと時に気付かぬうちに傷を負うことがある。その大半は草木や虫が持つ鋭い棘や針によるものだが、説明がつかぬ深く大きな傷がつく。

それを山や街道をゆく者たちは「いづな」や「かまいたち」と呼んだ。薬売りのくちもとにわずかな笑みが浮かんだように見えたが、すぐに消えた。

五

「ともかく」

熊野神人がしかめっつらを作って一同を振り向く。

「この中に下手人がいて、それを探し出さない限りはこの屋敷を出ることはできない、というわけですな」

「お前が下手人かもしれんけどな」

傀儡師が野次を飛ばすと、

「適当なことを言うとただではおかんぞ。熊野権現のお力をもってこれまでの悪行の数々を明らかにしてやってもよいのだ」

目を剝(む)いて言い返した。

「そりゃあこっちのセリフだ」

二人がにらみ合ったところで、屋敷の主が制するようにさっと手を挙げた。袖がまくれて筋ばった腕が露(あら)わになる。その腕は無数の傷で覆われていた。

「飯綱の管を盗んだ者を責めるつもりはない」

主はそう言った。

「山の精霊、妖、どう呼ぶべきかはわからぬが、その力は我らのためだけに使うものではない。飯綱の力を共に使うにふさわしい者であれば、その栄えを共にしたい」

甘言で盗人（ぬすびと）に罪を吐かせようとしているのか、と徳右衛門は警戒する。それは他の門付けたちも同じようであった。

「では施主さま、その栄えを共にするにはいかにすればよろしいですか。施主さまの宝を盗んだ下手人を突き止め、罪を吐かせましょうか」

神人の言葉に主は首を振った。

「かつて我が祖がこの地に至り、このように栄華を手にすることができたのはその技芸あってのこと。人々の尊崇を受け、飯綱の友となるに足る技芸の持ち主のみがこの座敷を出ることができよう」

「芸で勝ち負けを決めるというのか……」

そういうことならば、と門付けたちは部屋の四隅に散って睨み合う。

「待たれよ」

広間の中央にいつしか立っていた薬売りが声をかける。

「順を決めて芸を披露されたし。見るものがあっての技芸だ」

「ただ芸を勝手にやっても仕方がない、か……確かにそうだ。だが、芸の優劣をつけるのであれば客が必要ではないか。わしの技がいかに優れていたとしても、こやつらがそれを認めるとは思えんな」

熊野神人は他の門付けたちを疑わし気な目つきで見回す。

「我が祖が管狐の力を得た際にも、飯綱自身が我らの技を認め、その力を貸し与えた。この広間は飯綱の住まうところ。その技を認められれば恵みを与えられるであろう」

そう言うと主の姿は廊下の向こうへと消えていく。

「けっ、自分は高みの見物かよ」

神人は吐き捨てる。

「そういう憎まれ口も筒抜けってことじゃないのか」

「誰のこととは言ってねえ」

傀儡師が意地悪く言うと神人は顔をしかめて言い返した。二人が再び睨み合う形となり、まずは二人が術を披露することとなった。

先手を取ったのは人形遣いだった。二尺ほどの稚児人形は人形遣いの手使いに合わせて舞い始める。薬売りが興味深げに目を細めている。

「わが傀儡は畏れ多くも内裏内侍所御神楽の系譜を継ぐもの。八幡の神威を以て施主さまの禍(わざわい)を祓(はら)い、福を招く。ここに芸を競えというのであれば、わが術の秘奥をここにお見せしよう」

傀儡師が低く唸(うな)るように謡を始める。それは八幡の祝詞(のりと)に似て、真言の呪(じゅ)のようにも聞こえた。傀儡を操る糸がやがて見えなくなり、人形のひとり芝居へと変わっていく。

ある男が人目を気にしながら何かを盗もうとしている。稚児人形はやがてひげ面の坊主頭に変わった。

熊野神人は顔色を変えた。それは彼自身に瓜二(うりふた)つだった。傀儡が変化した神人は屋敷の中を探し回り、土蔵の裏側へと回り込む。そこには小さな祠(ほこら)があり、その中に手を突っ込んだ熊野神人は祠からそっと何かを取り出した。それは黒く細い、筆ほどの管であった。

「大した芸だ。やはりあいつが下手人かね」

「おとう、あれは人形だよ」

「……わかってるよ。うるせえな」

角兵衛獅子の父が睨(にら)みつけると、子は怯(おび)えたように首を縮めた。徳右衛門は懐の短刀の鞘(さや)をちらりと見せるとその表情から怯えは消え、小さな笑みが浮かんだ。

熊野神人の姿に扮し、祠から管を盗み出した人形はそのまま素知らぬ顔で屋敷の前で芸を披露しにかかるが、そこに小さな烏がまとわりつき始めた。

烏のくちばしと爪は熊野神人に扮した人形をつついている。やがて人形の変装は剝がれ落ち、傀儡の姿に戻ったところで傀儡師が人形を守るように覆いかぶさった。

「わ、わしの商売道具に何しやがる」

烏に突かれて傀儡師の頭から血が流れた。

「文句を言うなら、いい加減な人形芝居でわしに罪を着せようとしたことをまず悔いることだな。わしは熊野三山の加護を諸国にもたらす者。熊野の御神の前に武人は誓いを立てた」

その理由がわかるか、と得意げに髯をうごめかせた。

「熊野の神々は決して嘘を許さぬ。その神に仕えるわしを偽るとは」

烏は熊野の神符となって神人の手元に戻る。徳右衛門はそれを見て内心驚いていた。熊野の拝み屋は不思議な霊験をうたってはいるが、その実は舌先三寸の適当なものだと思っていた。

「それ、偽りを申した償いをせよ」

神符を宙に投げ上げるとそれは一体となって大烏へと変化し、傀儡師を追いまわす。

「こんな恐ろしい場所でお前らと心中するつもりはねえ。わしの負けでよいわ！」

傀儡師は人形を抱きしめ敗北を認めた。

「いずれ劣らぬ芸の優劣を決めるは清き芸道への志か、はたまた煮え立つ欲の濁流か……」

六

「ほう、ひっくり返しおった」

腕枕で見物していた与兵衛の父は体を起こす。大鳥はとどめを刺そうとくちばしを大きく開ける。漆黒の刃が人形を貫く前に、その四肢はばらばらになっていた。

「次はわしらだ。覚悟は決めたか」

そう言って徳右衛門を挑むように見た。覚悟も何も、と徳右衛門は戸惑っていた。芸の優れた者が飯綱の加護を得てこの広間から抜け出せるという。傀儡や熊野の術には神通力があるのかもしれないが、三河万歳はただめでたい言葉で寿ぐだけだ。

父は何も教えてくれなかった。

今更怒りがこみ上げてくる。このような術があるなら糸口でも教えてくれればよかったのに。結局は己の欲を満たすことしか頭にない男だった。ともかく、ここを生きて出るには芸を披露せねばならない。

「ではわしらからやって見せるか。与兵衛、用意をせい」

与兵衛が小さな獅子頭を頭に戴き、ぽんととんぼを切って見せる。

「越路潟、御国名物さまざまなれど……」

父親が渋い声で口上を述べる。それはやがて越後の情緒と祝いの言葉を合わせた謡となる。それに合わせて小さな獅子が舞う。

「室の小口に昼寝して、花の盛りを夢見て候。夢の占象越後の獅子は、牡丹は持たねど富貴は、己が姿に咲かせ舞ひ納む、姿に咲かせて舞ひ納む……」

見事、というよりは痛々しい。

それでも熊野神人は手を打って囃している。傀儡師は心を失ったように、壊された人形を見つめている。何年もかけて手になじむように育ててきた商売道具を破壊されるのは、門付けにとっては殺されるに等しいのだろう。

「形は見えている。真と理を」

それまで黙っていた薬売りが、徳右衛門に向かって言った。どういうことだ、と問うても答えはない。だが、芸を競わねばならないのなら、やるしかない。覚悟を決めて壇上に立つ。万歳は二人でやるもので、言葉の掛け合いもあるが一人は鳴り物でもう一人が語り謡う。

徳右衛門は全て一人でこなす技量はない。鳴り物のない万歳も間が抜けているが、ふいに鼓の音が聞こえてきた。音のする方を見ると、薬売りがたん、ぽん、ぽん、と軽やかに打っている。

「おいおい、助太刀かよ」

角兵衛獅子の親父が文句をつけるが、

「互いの芸を不足なく競うことが肝要だ」

薬売りが静かに言い返すと、親父はしばし考えた。

「まあいいだろ。手間が一つ省けていい」

鼓の前に座る薬売りを振り向くと、すっと撥を上げた。慌てて前を向き、口上を述べる。

三河万歳にも様々な流儀があるが、徳右衛門の流派ではまずこの万歳の由来と効能を述べる。多くの芸には口上がつきものだが、徳右衛門の父は特に力を入れていた。

「中身などどうでもいい。どうせ誰も聞いてはいない」

だが口上がまずいと、人は銭を出そうなどと思わない。だからこそ、裏地はぼろでも表は煌びやかで清らかでなければならないし、万歳の中身はどうであれ口上で惹きつけなければならない。

「あら千年吉祥寺、年改まりて、かほど目出度き折からに、後となる才の才三に、一寸見参な申そう。参りますとも参りますとも。太夫さんのおおせなら、食う物も食わず飲む物も飲まず富士山、山をけころばし、駿河の海を一またぎおそかろう……」

口上を述べているうちに、徳右衛門はここに来た理由を思い出した。飯綱の妖だのモノノ怪はよくわからぬが、ともかく祝言を述べて稼がねばならない。

「この御家の安らかに、祝詞奉る。東西南北中央に、神五柱の御守護なり。塞神三柱を御門に祭り、禍津神を払いやる……」

ただめでたい言葉を述べるのではない。口上だけが肝要なわけでもない。禍を祓い、福を招く力は万歳にもある。

薬売りの鼓は思った以上に達者で、徳右衛門の万歳は興に乗り始める。だがそれを妨げるように、身の丈を超えるような獅子が立ちふさがった。薬売りの鼓の調子に合わせ、徳右衛門の万歳と獅子の舞が交錯する。

万歳が世の楽しみを謡うほど、それを拒むように牙を剝き、その間から炎を覗かせる。角兵衛獅子の親父は獅子の荒れ狂うさまを満足げに見つめ、

「かかれ！」

と命じた。獅子は徳右衛門に躍りかかり、危うくその爪を避ける。恐怖が急にせり上がってきて、万歳を止めそうになる。だが、薬売りの叩く鼓がそれを許さない。

だが、逃げ出したくなるのを止めたのは、他ならぬその獅子自身であった。爪と牙は徳右衛門の一分先の空を切る。徳右衛門は特に武芸の心得があるわけでもないし、万歳を謡いながらでは足もとも覚束ない。

それでも、獅子は襲うふりをして手心を加えている。その獅子の顔が不意に苦痛に歪んだ。親父が鞭をふるい、その背を打ちのめしている。

「何をしている。さっさと食ってしまえ」

だが獅子は抗うように怯えと怒りを表すように激しいうなり声を上げている。徳右衛門の万歳は震えを帯びる。それを見て、角兵衛獅子の親父は快哉を叫ぶ。

「その場しのぎの相方では芸にもならんな。それに比べてうちのガキの芸はどうだ。わしがしっかり仕込んだだけのことはある」

鞭うたれた獅子は血走った目を徳右衛門に向ける。万歳の言葉は凶を吉に変え、吉を凶に変える。怯を勇に変え、獅子の目が大きく見開かれた。

「いざ吉利吉利……俺斬り斬り……」

獅子は父の方にゆっくり向き直る。狼狽した父は鞭を激しく振り回す。獅子の体から血潮が飛び散るが、それまで見せていた怯えはもはやない。獅子の怒りの盛り上がった肩の筋肉ごしに、恐怖に埋め尽くされた父の顔が見える。

獅子となった我が子に食われこの勝負とうつし世からおりるがいい。徳右衛門が冷ややかにそう思った時、そこまで、と声がかかった。鼓を打っていた薬売りが手を止めていた。

「先に芸を止めた者が敗北となる」

獅子は童の姿に戻り、肩で息をついている。小便を漏らし、頭を抱えて震えている父のもとに歩み寄ると、微笑んで手を差し出した。握り返そうとした父の手を払いのけ、父が持つ鞭を渡すように促していた。

七

「わしらで決着をつけるということだな」

熊野神人の顔には自信が溢れていた。

「お前さんの芸でわしに勝つのは無理だろ。一つ取引をしないか。この勝負、敗れた方は後々の芸に障るほどに打ちのめされる。お前の三河万歳は相方のいる芸。とはいえ、そこの薬売りともずっと組むわけにもいくまい」

徳右衛門は鼓の前から動かない薬売りを振り返った。わずかに顔を伏せてその表情はうかがえないが、この広間から出るまでは力を貸してくれそうだ。

「角兵衛獅子の童を手ごまに使ったあたりはなかなか聡いところを見せおったが、まだそこまでの分別はないか」

熊野神人は立ち上がると朗々と祝詞を唱え始めた。その祝詞に合わせて小さな黒い虫のようなものが宙を漂い始める。徳右衛門が思わず手を出すと、手のひらにそっと降り立つ。よく見るとそれは三本足の烏であった。

「さっき人形を襲った烏とは違うのか」

「変わらんよ。熊野の神々は偽りを許さぬ。お前の芸、施主どのへの祝い言が真でなければ、神烏の嘴がお前の臓腑を貫くであろうよ」

神人の言葉が脅しではないことは先ほどの傀儡師との一戦でわかっている。三河万歳にはいくつかの台本がある。新年に謡われるめでたい演目に偽りなどあろうはずがない。薬売りを振り向くと、鼓の撥をすうと上げた。

三河万歳の門付けなのだからその芸をやるしかない。

薬売りの鼓に合わせて両手を大きく広げる。長寿の鶴の所作とめでたい言葉を合わせて施主の一年の幸いを祝う。三本足の烏が数羽、頭上を舞っている。

「新年を祝う資格がお前にあるか？」

熊野神人が神符を数枚宙に放った。それは一枚の鏡へと変化して徳右衛門を映し出す。陽気な万歳を謡う彼の傍らに、別の人影が浮かび上がってきた。

「何が見える？　その青ざめよう、お主の心の奥底に潜む偽りを映し出しているのではないか」

人影はやがてきらびやかな衣をまとった長身の男へと姿を変えた。低い声で何かを謡っている。それは徳右衛門にとっては見慣れた姿だった。一人虚空に向かって万歳を謡う。施主の前での明るさや朗らかさはなく、陰鬱で聞き取りづらい。

これが父の稽古の仕方であり、うまくいかないと拳が飛んできたり足蹴にされたりする。背中を向けている間、その前に出ることは決して許されない。何かを唱えつつ、背中を丸めて細工のようなことをしている。

禁忌を犯しているような動悸を感じながらゆっくりとその背中に近づいていく。父はいつも何かを隠していた。その秘密に近づこうとすると、それが故意ではなくても激しい打擲を加えてきた。

だが今日の父は息子の近づく気配を感じているはずなのに、手元の細工を止めない。肩越しにそっと覗きこむと、その手元には細い銀の棒があった。棒の中心には小さな穴があいていて、父がそれを掲げると向こうに小さな光が見えた。

その光の向こうに熊野神人もいる。神人は父から棒を受け取り、満足そうに眺めている。

「何が見える」

熊野神人の声が問う。

「細い、穴のあいた棒……とお前だ」

答えるつもりはないのに、声が勝手に応じてしまう。鏡に映った父の手にある銀の棒こそが、飯綱、管狐が住処（すみか）としていた管だというのか。

「お前の親父が下手人ということで間違いないようだな！」

己が映っていることは無視して神人は叫んだ。

「熊野の神々の前で罪を認めよ。父がここにいないのであれば、代わりにお前が飯綱の力を得るのはこのわしだと認めよ」

そういうものか、とぼんやりした頭で鼓の薬売りを振り向く。鳴りやむことのない鼓の音が朦朧（もうろう）とした頭を辛うじて正気に繫（つな）ぎとめている。

鼓に合わせるように薬売りのくちびるが動いている。

「形(かたち)……真(まこと)……理(ことわり)……」

それをどうすれば良いのだ。徳右衛門は迷った。熊野神人の得意げな顔を見ていると、朦朧とした意識の中からある記憶が湧いてきた。父や門付けたちが新年ここに集った理由。

飯綱の形は既に見た。では「真」とは何だ。熊野神人はこちらに真を問うてばかりいるが、己はどうなのだ。目の前の鏡に手を伸ばし、ぐいとその向きを変えた。

八

「父と組んでいたか」

「何をしやがる……」

徳右衛門の問いに熊野神人は言葉に詰まった。鏡に映る己から目を逸(そ)らし、広間から逃げようとする。だが鏡は砕け、漆黒の鏃(やじり)となってその背に突き立つ。動かなくなった神人を見て、徳右衛門は口元に笑みが浮かぶのを止められなかった。

一村の富貴を司(つかさど)る力が手に入るのだ。もう笑いたくないのに、笑い続ける。涙が流れ、腹の中身を全て吐き出してもまだ笑い続けていた。鼓の音が徐々に低く重くなり、槌で全身が叩かれているように震え、息苦しくなる。

空気を求めて口を大きく開く。全身が閉じられた袋のように膨らんでいく感覚にのどを押さえて口を開く。

「よく……やった」

掠れてはいるが、聞き覚えのある声だ。

「どうして……」

口が何かに塞がれて声にならない。

「飯綱は『管』に住まう。その『管』は人に依る。管が依る者の魂魄には管を収める空隙がなければならぬ。魂魄の空隙は即ち怒りと憎しみ、そして諦め……」

顎の骨がばきりと外れる音がする。これまで父に責め苛まれてきたのは飯綱の入れ物になるためだったというのか。

「恨むでない。これは父祖よりの願い。奪われし宝を取り戻すために必要だったこと」

父の声と共に体が溶けるように崩れ落ち、床の上から父の足だけが見える。その足の間から黒い鼠のような閃きが視界を走り、口の中に飛び込んでくる。

「我らの父祖はこの村に住み、飯綱の加護を受けて豊かに暮らしていた。だがある年、ある門付けにその力を奪われて村を追われたのだ。各地に散った我が一族は門付けとなって呪力を蓄え、奪われた飯綱を奪い返すため再びここに集まった……」

やがて全身に力が漲り、烈風が広間の中を縦横に飛び回る。これこそが飯綱の力、人の富貴も命運も自在にできる精霊の力だ。だがその時、かちん、と乾いた音が一つした。

獅子舞の牙が嚙み合わされ、邪を祓う音を発する。だがそれは獅子舞の牙ではない。鮮やかな装飾をまとった短剣の柄頭にある獅子が、徳右衛門を見ていた。その剣を摑んだ薬売りが構えをとる。

「薬売りよ、そんな芸を隠し持っていたか」

父はもはや人の姿を留めていなかった。そして薬売りの姿も衣が消え去って魁偉な肉体があらわとなり、その体に蛇のような紋が渦巻いている。

「どこで飯綱の話を聞きつけおった。誰にも渡さぬぞ！」

父は長く伸びた前歯を剝き出しにして吠える。すると障子を締め切ってあるはずの広間に激しい風が吹く。その風が頰をかすめていく。指で触れるとぱっくりと裂けている。

刃の風は目に見えぬ嵐となって薬売りへと殺到する。

「一剣も抜かず飯綱の力に抗うか」

飯綱の姿は父の周囲に無数に現れ、次の瞬間薬売りの四肢からぱっと鮮血が散った。

「真は見えた。だが、理が足りぬ」

呻くように薬売りが言う。その間にも風の刃に傷つけられ、ついには膝をついてしまう。徳右衛門は助けようにも体が動かない。

「足りぬのはお前たちの力だ。この飯綱の力があれば、とこしえに富貴を得られるであろうよ。新たに妻を娶り、多くの子をなしてわしだけの王国を築くのだ。かつて、我らの祖がしたように、飯綱を奪ったこの屋敷の主がしたようにな！」

自分が妖となった父の「管」になっていたのなら、と力を振り絞って立ち上がろうとするが、やはり力が入らない。父が抜けた分、空袋のように頼りない肉体となり果てたのだ。

「あんなくそ親父がいないとどうにもならないのか」

己を罵る。それを見て、父はにやにやと笑うばかりだ。

「案ずるな。次はもう少しまともな母親を探して、新たな息子をかわいがってやるさ」

物心ついた頃から何度も言われた。父にとっては稼ぎのために育てただけの人間だ。いや、人としての扱いすらなかった。熊野神人に敗れて人形を抱きしめた傀儡師の方がまだ情がある。

もう一度殺してやる。

凄まじい殺意がからっぽの肉体に渦巻く。それは全てを吸い込む闇の奔流となって徳右衛門の中に満ちていく。傀儡師と人形を、角兵衛獅子の親子を、熊野神人と神符を、そして醜い異形となった父親を、肉体の一部となり、満たされたものが新たな何かへと変貌していく。

これこそが「飯綱」……。

山深い里の人々の暮らしとささやかな富を我がものとする旅芸人たちの欲望と我執が、山の妖を禍々しいモノノ怪へと変えたのか。


「理、見えたり」

かちん、と剣の柄頭にあしらわれた獅子が牙を噛み鳴らした。徳右衛門の前に蛇紋のような模様を全身にまとった剣士の姿が大写しになる。剣のきらめきは金襴よりも眩く輝いて見えた。

※

　村はずれの粗末な家の前に、荒れ果てた数反ほどの畑が広がっている。山の斜面に沿って切り拓かれた畑は荒れ、背丈ほどに伸びた草の中で青年が一人鍬を振るっている。


「兄ちゃん、ちょっと休みなよ」

　家の前で豆を干していた少年が声をかける。

「まだ慣れてないんだからさ」

「春が来る前に土を作らなきゃいけないんだって」

　与兵衛は徳右衛門の言葉を聞きながら、切株の前でとんぼを切って見せた。

「門付けほど苦しいことはないと思ってたけど、百姓も大変だよ」

「俺は気に入ってるけどな」

　鍬を下ろして汗を拭う。奥三河の春先の風は冷たいが、陽光の下で土と格闘すれば汗も流れる。徳右衛門は腹の傷にそっと触れた。薬売りの剣は確かに体を両断したはずだったのに、こうして命を長らえている。

　あの後、門付けたちは朽ちた広間のあちこちに倒れ、薬売りはまた元の姿に戻って端然と座っていた。行李を担ぎ、去ろうとする薬売りに、徳右衛門は何があったかを訊ねた。

「モノノ怪が姿を現した。故に斬った」

　そう答えが返ってきたのみだった。

　命を拾った門付けたちは悄然として去り、もはや芸に未練のない者は村に残った。

　飯綱の加護はもはや庄屋の屋敷にも、徳右衛門の肉体にもない。だが彼は、これまでにない満たされたものを感じていた。

第二話　亀姫

加藤嘉明（かとうよしあき）

会津藩元城主。人望厚く名将の誉（ほま）れ高い名君。

堀主水（ほりもんど）

会津四十万石の主君・加藤嘉明に仕えていたが、主君を亡くした後、朋友・保田采女（やすだうねめ）に〝会津藩・猪苗代湖の怪異〟の真実を語る――。

加藤明成（かとうあきなり）

加藤嘉明の長男。会津藩主。猪苗代の怪異に惑わされる。

堀辺主膳（ほりべしゆぜん）

会津藩家老で、猪苗代城城主。加藤嘉明の正室の父。命をもって怪異を鎮めようとする。

堀辺石右衛門（ほりべいしうえもん）

堀辺主膳の息子。藩政をめぐり佃家と対立。猪苗代の怪（変事）の噂が立つ。怪異を収めるべく手筈を整えるが……。

佃三郎兵衛の娘・善（つくださぶろうべえのむすめ・ぜん）

筆頭家老・佃十成（かずなり）の子、三郎兵衛の娘・善は婚儀が決まっていたが、相手が病で命を落とし、不吉な女だという噂が立つ。石右衛門に想いを募らせている。

亀姫（かめひめ）
猪苗代の亀姫を知らざるや。汝今天運すでに尽き果て、又天運のあらたまる時を知らず。汝が命数もすでに尽きたり。（会津の奇談集『老媼茶話』）

※

人は死ねば露よ。

堀主水（ほりもんど）の主君、加藤嘉明（かとうよしあき）は病の床を見舞った老臣に昔と同じように言った。他の家臣にもそう言ったかはわからない。だが、念友として契った少年の日から、数十に及ぶ戦の年月を経てもなお、同じことを言った。

若い頃は随分と儚（はかな）いことを口にする人だ、と理解できなかった。しかし同じように老いてみると、また異なった意味を持って胸にしみ込んでくる。

病床には薬湯の香りが立ちこめている。部屋の隅で異相の薬売りが薬種を調えている。奇異であるのにごく自然にそこにいる。

「露であることを肝に銘じて生きねばならん」

主水の注意を引き戻すように主君は言った。加藤嘉明は三河に生まれ、賤ケ岳（しずがたけ）の七本槍の一人に挙げられるなど槍働きで徐々に頭角を現した。それに併せて琵琶湖で水運を学び、水軍の扱いに長じるようになると、命じられるままに水陸場所を選ばず戦い続けた。

堀主水は嘉明が侍大将になる前に麾下に入った。

それからは主君の命運を開くことこそが己の人生だと思い極め、文字通り粉骨砕身、相手が誰であろうと槍をふるい、謀を企て続けた。

戦乱の世、大輪の花のごとく華やかな武人は多くいた。嘉明の分限が大きくなるほど、綺羅星のような将星たちが眩しく見えてもどかしく思うこともあった。

「人は死ねば露よ」

その言葉の意味が初めてわかりかけたのは、嘉明が長年従った天下人が世を去った時であった。大いに引き立ててくれた彼の後継者にそのまま仕えるのかと思いきや、嘉明は次の権力者に接近を試みたのだ。

武人は故があれば主を替えてよい。己を知る者のために死ぬのは当然とも考えた。少なくとも主水は嘉明に対してその種の「義」を感じて仕えていた。そして嘉明もそうだと思っていたがそれは違うと主君は首を振った。

結果的に、嘉明の決断は正しかった。天下の新たな主を見定めた嘉明は奮闘し、最後には会津四十万石を得るまでとなった。老境に入って体の衰えを隠せなくなってからも、領国経営の陣頭指揮を執り続けた。

晩年になって、

「わしは露よ」

と言う主君に、主水は思い切って訊ねてみた。

「殿は度々おっしゃいますが、その心をお教えください」

「お前は老いも衰えも知らぬものを信じるか」

「神や仏のことですか」

「他にもいる。山野をさまよう精霊もそうなら、鶴や亀の類もそうだ。我が物顔で天下を往来しているわしらとて、彼らからすればとるにたりぬ」

この謙譲が嘉明の進む道を誤らせなかったのか、と感心する。

「会津にはそういった神とも妖ともつかない者がいる。知っているか」

「あまり詳しくは……」

「民草はそのような者こそ国の真の主と仰ぎ見ているものだ。決して侮るでないぞ」

主水は主君の言葉を傲慢であってはならぬという戒めだと理解し、心に刻み込んだ。

「共に何度も修羅場をくぐったお前なら、もうわかるはずだ。我らは天下の傑物などではない。露の一滴でしかない。だが、露の一滴がなければ天下は成り立たぬ。露は力弱きものなれど、その一滴がなければ天下は成り立たぬ」

嘉明がこれほどのことを主水に話すのは初めてだった。

「露として生きよ、とは言わん。ただわしは天下にただ一滴の露として生きるのみ。そしてまた天地に還るのだ」

主君が言葉を紡ぐ間、木像のように端座していた薬売りが調え終えた薬湯を静かに杯へと注いだ。加藤嘉明が齢六十九にして世を去ってもなお、主君の心を理解していなかったことを後に思い知ることになった。

一

「困ったことになった」

加藤監物はため息と共に一冊の帳面を主水に押しやった。

会津藩の中枢、若松城の広間に集まった加藤家の重鎮たちは一様に険しい表情だった。集まっているのは嘉明の次男である加藤監物明信、嘉明正室の父である堀辺主膳、筆頭家老佃十成の子、佃三郎兵衛、そして堀主水の四人。

嘉明の長男で家督を継いだ加藤明成は、父の死後会津藩主となって間もなく、会津若松城の修築を大々的に進めるように家臣達に厳命を下していた。地震のために傾いていた天守がそのままでは四方への体裁が悪いというのがその理由だ。

天守閣など傾いてみても何の不都合もない、と修築に使う金を節約していた父とは異なり、若松城を奥羽一の名城とすることを明成は望んでいた。

「まずは都普請に抜かりがあってはならぬ。昨今の幕閣は働きが悪いと容赦なく改易に処してくる。先君のおかげで我らへの信認は厚いとはいえ、油断はならん」

加藤監物が焦りを隠さず言った。兄の明成と共に父とはその器量に大きな開きがある。先君の次男として宿老の地位にはあるが、主水はそこまで明信を評価していなかった。

「城は都普請の後にすべきと考える」

堀辺主膳が戦場往来で鍛えた低い声で異を唱える。

「それを誰が殿に申し上げるのだ」

佃三郎兵衛と主膳は激しく視線を戦わせた。会津藩を率いる加藤明成の方針は明確であった。都の普請で諸侯の目を驚かせ、若松城を奥羽一の名城に仕上げる。だが、藩政をあずかる者たちには両立が不可能なことがわかっている。

「それは……我ら宿老で議を一つにし、困難であるとお伝えしなければならん」

監物の声は小さくなる。

「我らはあくまでも主命に沿って政を行う。都普請と若松城の修築を共にせよと命じられているのであれば、知恵をしぼってそのご意向に従うべきである」

監物とは異なり、三郎兵衛の言葉には最も年若く、主君と親しい家老としての気負いが見られた。

「堀どのはいかがお考えか」

「大殿はご幼少の砌より、危機を恐れず好機を逃さず。豊太閤に仕えし時、千里の遠きを駆けて参戦しその武名を顕し、異国での戦では追いすがる敵の大船に斬りこんで功第一の誉れを受けた」

堀主水は若き家老の気負いを抑えるように言った。

「つまり？」

「家名を天下に轟かす好機があるなら逃してはならぬとお考えになるだろう」

「いかにも。我らは殿と藩を守り立て、守っていかねばなりませぬ」

「その心に偽りはござらぬか」

主水がじっと三郎兵衛を見つめると、当然だと胸を張った。評定の後、主水は三郎兵衛を呼び止めた。

「内密に話したきことがある。我が屋敷へ」

主水と三郎兵衛は連れだって堀家の屋敷へと向かった。間もなく屋敷というところで主水は足を止めた。強い香りを感じたからだ。大きな荷物を背負った華やかな装いの男が追い抜いていく。主君の枕頭にいた薬売りであることを思い出した時には、その姿は消えていた。

二人の後をひそかにつけていたものがいる。彼は二人が堀主水の屋敷に入ったのを見届けると、そのまま城下を走り抜けて佃家の屋敷へと向かった。笠(かさ)を目深に被(かぶ)り、太刀のみを腰に佩(は)いた細身の若者だ。

若者は屋敷の裏手に回り、人目を避けるように木陰に入って空を見上げた。陽がわずかに西に傾きかけ、城下にはひと時の静けさが訪れる。政務が一段落し、商家を行き交う荷駄の流れも止む。

若者がついと木陰を出ると、それに呼応するように木戸が開き、若者はその中から伸びてきた腕に引き込まれて姿を消す。扉の内側では互いの舌を吸いあう湿った音と荒い息遣いがひとしきり続いた。

「善(ぜん)……苦しい……」

小柄な若者は抱きすくめられた息苦しさに呻いた。それに気付いた娘は恥ずかし気に身を離す。みっしりとした肉付きが衣の上からもわかるが、その顔つきはまだあどけない。

「石右衛門さまに会いたくて」

「それは俺も同じだ」

堀辺主膳の息子、石右衛門と佃三郎兵衛の一人娘、善が惹かれ合うようになったのは、石右衛門が父に従って佃邸を訪れた際に彼が善に一目ぼれしたことから始まる。

善ははじめ、四宿老よりは一段格の落ちる家老の一人中島七兵衛の嫡男に嫁ぐ事になっていた。だが彼が婚儀の前に病で命を落とし、善には不吉な女だという噂が立ってしまった。

世をはかなんだ彼女は出家の決意を固めていたが、石右衛門の想いを受け入れ、今では善の方が激しく彼を求めるようになっていた。二人の家格は結ばれるにふさわしいものではあったが、そうはいかなかった。

堀辺主膳と佃三郎兵衛は藩政をめぐって激しく対立することが多く、善を妻にもらいたいと言い出せる気配では到底ない、と石右衛門は善に告げていた。忍ぶ恋は人を熱くさせる。善は石右衛門とのめりこんでいた。

「父上にも困ったものだ」

二人の屋敷はそれぞれ百間四方もある広大なものだ。時に木陰で、時に土蔵や納屋で二人の情と愛は交わった。愛する人の薄い胸に耳を寄せ、人の気配を気にしながら語り合うわずかな時間が何よりも好きだった。

「また何か争いごとがあるのですか」

「都の手伝普請と若松の城普請のことで揉めているんだ」

善も家で父がこぼしているのを聞いたことがある。

「このまま意見がまとまらないと、どうなるのですか」

「主命は絶対だし、天下の普請で手を抜くことなどできない。ただ、お家のことだけを考えれば城を後回しにすべきなのは殿もおわかりだと思うのだが……」

藩主加藤明成が性狷介なところがある。勇敢ではあるが頑迷で、家臣の言葉に耳を傾けない。

「でも、佃さまの言葉はよくお聞き分けになる」

「父が殿をお助けしているのですね」

「そう信じたい」

その口ぶりに善は不安を覚えた。

「藩内の諍いが収まらなければ私たちは夫婦になれない？」

恋人の沈痛な表情に、善の胸はざわついた。忍ぶ恋はいつまでもできるものではない。もし親や、世間にばれるようなことがあれば二人の前途は絶たれてしまう。

「何か良い思案がないものでしょうか」

しばらく考え込んでいた石右衛門は、何かを思いついたように目を見開いた。

「殿は日々藩政に心を砕かれ、先君と家の名を穢さぬよう努めておられる。小姓としてお仕えしていてもお疲れが見える。殿は会津藩四十万石を一身に背負われているとはいえ、その辛苦を共に担えないのは我々家臣ども、そして大禄を食んでいる宿老格の落ち度だとは思わないか」

善には政の難しいことはわからない。ただ、石右衛門が助けを求めていることはわかった。

「何をすれば、私たちのためになりますか」

「妖になってほしい」

「妖……ですか」

「会津猪苗代の美しき湖は女神伝説の宿る所。姫路の大妖長壁姫の妹を称し、山風と湖水を自在に操って人々に恵みと災いを与える古き妖だ。お前の美しさ、人智を超えた妖を名乗るにふさわしい。善は知っているか？」

「いえ……」

「その力は会津の全てに及び、我らより先にこの地を治めた蒲生家をはじめ、他家が没落するのもその妖のせいらしい。ならば俺たちがその妖となってしまえばよい」

恋人の瞳が妖しく光る。少女はそのたくらみに満ちた輝きを心から愛しく感じた。

「待て。誰かいる」

石右衛門は刀の柄に手をかけた。強い薬種の香りと彩やかな衣が鼻と目の端をかすめていったがそれ以上確かめることもできず、石右衛門は刀から手を離した。

恋人が考えた筋立ての中で、善は姫路の大妖異、長壁姫の妹分の「亀姫」と名乗り、猪苗代湖の女神という役どころを与えられた。加藤明成と堀辺石右衛門の主従は猪苗代湖の湖畔にある天神社に参詣した後、湖上に浮かぶ小島へと向かう。そこには小さな庵があり、亀姫に扮した善が明成を歓待した。

御簾を隔てての語らいに過ぎなかったが、時に霧がかかり、水鳥たちが遊ぶ神秘的な光景は疲労と警戒に凝り固まっていた明成の心を徐々に溶かしていった。石右衛門はほぐれた主君の心に露をしみ込ませるように、己の考えを吹き込んでいった。

加藤明成は若松城の天守を見上げながら苛立たし気に砂利を踏み鳴らしていた。堀辺石右衛門は小姓として傍らに侍り、主君の足もとをじっと見つめている。主君の目が何を見て何に苛立っているか手に取るようにわかる。

若松城の天守は傾いたままだし、都普請の進みははかばかしくない。

「都普請も城の修築も力を尽くせと命じておるのに、監物どもの話はまだまとまらぬか。主膳も何故強く申さぬ」

「は……」

石右衛門はかしこまって頭を下げる。

「お前からもわしの意を告げておるのだろうな」

「それはもう、抜かりなく。ただ……」

「ただ、なんだ。わしに隠し事など許さぬぞ」

主君が砂利を蹴る。

「さればでございます。猪苗代城の方で変事がありまして……」

石右衛門は一つの悩みを打ち明けた。

「変事だと？」

「は、ですが殿のお心を煩わすようなことがあっては」

「知らぬ方が心煩うわ。さっさと申せ」

猪苗代の城に怪異が出ると噂が出始めたのは、堀辺主膳が若松から居城のある猪苗代に戻って間もなくのことであった。夜番を勤める藩士が、無人のはずの天守に明かりが灯り、不審に思って確かめにいくと絢爛な衣を着た「姫君」が立っているという。

「面妖な。何の故があって城に怪異が出るのか」

石右衛門は言いづらそうに、怪異の言い分を述べた。案の定、明成の面には苛立ち以上の怒りが浮かび上がる。

「会津の主はわしをおいて他になし。そのような痴れ者、わしが直々に叩き斬ってくれる」

「ごもっともにございます。ですが殿に万が一のことがあっては」

「猪苗代は特に上さまから許された会津第二の城。怪異などがのさばっているとあらば、聞こえが悪かろう」

「怪異は祓うべきものではありますが、一方で天地の声ともいいます。会津の人々が殿の赤子であるならば、山河や怪異もまた会津藩のうちにあるもの」

「……何が言いたい？」

明成は訝しげに石右衛門を見下ろした。

「猪苗代の湖上に古くから伝わる社があります。城に出る怪異はそこの神に関わると城下の僧が申しておりました。その神は女神であり、国の守り神でもある。国の政をする者との対話を拒むものではない、と」

「なるほどな……。だが、わしが若松城を留守にして猪苗代の相手をするわけにもいくまい」

「そこはご心配なきよう。私が良きように手筈を整えます」

二

若松から猪苗代までは七里足らず。騎馬なら半日、徒歩でも一日の距離にある。猪苗代湖の北岸を通る街道は、二本松から越後へ抜けるこの地域でもっとも重要な道だ。若松と猪苗代の二城が特に認められているのは、猪苗代湖北岸の道が奥羽経営の生命線であることを示している。

その街道の要地を押さえる会津の地を平穏に治めることが、加藤嘉明とその家中に課された使命だった。嘉明の前に会津を治めていた蒲生家は内紛があったものの将軍家との関係も深く、若松城からほど近い石ケ森に金山を開き、財政も安定させた。だが、蒲生忠郷は後嗣に恵まれず、会津の統治は加藤家に任されたのだった。

堀辺主膳は最初から会津への移封には反対だった。伊予松山は豊穣の地とは言い難かったが、気候は温暖で領民たちも嘉明になつき、政は安定していた。

「蒲生家は縁戚である」

在りし日の嘉明は不満の表情を隠さない家臣に向かってそう言って理解を求めた。

「さらに蒲生家は上さまとも繫がりが深い。さらには」

嘉明は反論の気配を抑え込むように続ける。

「長く戦場を共に往来した藤堂和泉守の推挙もある」

「しかし、体よく押し付けられたのではありませんか」

次男の加藤監物が声を上げた。

「たわけたことを申すな」

声は荒らげなかったが、その威厳は一同が平伏するに十分なものであった。

「名を下げるふるまいは許されぬ」

加藤嘉明六十五年の全てが籠った言葉だった。賤ケ岳の七本槍として名を馳せて以降、天下に恥じぬ戦いを己に課して一国を任されるまでになった。

「都からは石高の加増も合わせて伝えられている。この話を断って我らの名が上がると思うか」

「人は名のみにて生きるに非ず、とも申します」

監物は食い下がる。

「たとえ石高が倍となっても、伊予と会津では気風も気候も違い過ぎます。これまで年月をかけて伊予のために働いてきたのも全て無駄にするおつもりですか」

「監物、我らは何のために働いている」

嘉明は静かに言った。

「天下のために働き、天子様に馳走するため。伊予も天下なら会津も天下。己に恥じぬ正しき道を歩むことに変わりはない」

主君がここまで言う以上、家臣にもはや異論を唱えることはできなかった。そして軍議のあと監物、堀主水、堀辺主膳、佃十成は嘉明に呼ばれ、四人合力して家を守るよう直々に言い渡された。

「主膳、お前には猪苗代城を守ってもらう」

命に代えても、主膳は嘉明と同輩たちの前で誓った。そうする他なかった。

その猪苗代の湖畔に藩主の明成がお忍びで通ってくる。主膳の息子で小姓を務める石右衛門を伴って、諸郡の巡察という名目だったが、多くはその小さな天神社に人を払って籠っていた。

何事のこともあるまい、と主膳は高をくくっていたが数か月後にその判断を悔やむことになった。

その日、主膳は猪苗代城の天守に独り佇立し、鏡のように静まり返っている湖面を見つめていた。天鏡湖と異名をもつ神々しい水面は陽光すら吸い込んで、深く青い光を放っている。

湖からほど近いところに、小平潟天満宮がある。

この時から遡ること七百年あまりの天暦年間、近江国比良神社の神主が須磨で見つけたと称する菅原道真の神像を持ち、猪苗代までやってきた。

神主はその地で休み、再び歩き出そうとしたが、神像が重さを増して動けなくなってしまった。湖を前にした猪苗代の地は海を前にした須磨と景色がよく似ていた。神主はこの地を神像の鎮座地とし、当時の国司に願い出て天満宮を勧請した。

この天満宮はその後、天神信仰が盛んになるにつれ、会津をはじめ、中通りの仙道諸郡の人々より帰依を受けるようになり、大いに栄えたという。

天満宮では主君と息子が籠っていた。衆道、念友の間柄ならば何も言うことはない。主膳にも若い頃に念友はいたし、その関係に耽溺する時期もあった。だが、主君を独占し、藩政を我が物としようなどと悪だくみの度が過ぎている。

猪苗代城天守の広間には白布をかぶされた一丈ほどの方形の箱が置かれている。主膳は湖に背を向け、布をゆっくりと外す。その下には白木で組まれた棺があった。

「愚かな……」

主膳は瞑目する。白布を敷き、香を焚く。加藤嘉明の菩提寺から授かってきた伽羅の香木である。主君を彼岸に送った日を思い出す。倦むほどに戦陣にありながら、その穢れを感じさせなかった孤高の人でもあった。

「主命を果たせず面目もございません。彼岸で殿にお目にかかることはできますまいが、せめてこの命をもって城の『怪異』を鎮めてご覧に入れます」

主膳は腹をくつろげ、脇差を抜く。刃が肌を突き破り、臓腑に達する。激しい苦痛と熱さが五体を包む。戦場でも体を貫かれて即死できなかったものは、その痛みに悶え苦しむ。だが、不思議と痛みはない。気付くと一人の男が主膳の手首を掴み、刃が腹に突き立つのを止めていた。

さして豪の者とも、さらには武士にすら見えぬ若い男が歴戦の主膳の体が微動だにできぬほどの怪力を発して主膳の動きを制していた。

「何やつ……」

「薬売りに候」

顔に隈取りを施し、蝶の羽に似た華やかな衣を身にまとった異相の男が見下ろしている。

「どうやって城に入った。誰も入れるなと命じてあったはず」

「モノノ怪のあるところ私の姿はある」

「モノノ怪？」

「ただやみくもに腹を切っても怪異は消えぬ」

薬売りが手を離すと主膳の背中にどっと汗が流れた。脇差を収めた主膳は薬売りに向き直る。

「お前の言うモノノ怪はわしの息子、石右衛門だ」

主膳はため息をつき、白布を畳んで棺の上に置いた。

「藩主の傍につきながら、その欲に付き合ってくだらぬことをしておる。宿老たちが命を聞かぬのは不忠だからではない。それが政としてふさわしくないからなのだが、不肖の子が稚拙な策を弄して、そのモノノ怪を使って人心を惑わそうとしておるのだ」

「それでは理の半ばも明らかになっていない」

薬売りの言うモノノ怪の形、真、理は主膳の聞いたことのない理屈であった。

「ではこのモノノ怪騒動、石右衛門の仕業ではないというのか」

「この児戯は知らぬ。だが妖を人の欲のために使おうという心持ちがモノノ怪を呼び覚ます」

この男こそ怪しい、と主膳は問いただす。

「お主は薬売りと申すが、退魔師の類か。いずれの寺社、山の加護を得たものか」

「いずれにも非ず。ただモノノ怪を斬るのみ」

「モノノ怪を斬るにはいかがすればよい。その形と真と理が明らかになる術はあるのか」

「形をさらし、真と理を引き出す」

薬売りが腰に差した短刀が、わずかに鞘走ったように見えた。だが白刃は見えず、全身が凍り付く。

「今、あなたは死んだ」

次の瞬間、主膳の目の前は闇に包まれた。

三

会津藩家老堀辺主膳の突然の死は、驚きをもって受け止められた。猪苗代の城に現れた怪異の噂はたちどころに広がったが、加藤明成は堀辺主膳の奮闘により城の怪異はすでに制圧され、藩政にはなんの障りもないと布告した。

これで私たちは結ばれる。

善の喜びようはただ事ではなかった。石右衛門は堀辺家の家督を継ぎ、藩政の要職を任されるだろう。そこにはふさわしい妻の姿がなければならない。父の喪が明ければ、その時が訪れるはずだ。

「しばらく会えないが、何も心配することはない。必ず迎えにくる」

石右衛門は最後の逢瀬(おうせ)の際にそう言っていた。

善は石右衛門が仕立ててくれた絢爛(けんらん)な衣をうっとりと見やる。衣桁(いこう)にかかる裾(すそ)と袖(そで)には長命をあらわす鶴と亀の意匠があしらわれている。

委細は善にはわからない。明成に不審に思われぬようふるまうのに必死で、石右衛門が主君に何を吹き込んでいるのかは知らなかった。ただ、明成は城の修築と都普請共に万全の結果を出すよう厳命し、異を唱える者は位を問わず罰した。

そのために多くの貢租を民に求めるようになり、百姓が苦しんでいることも善は噂に聞いている。気の毒には思うが、それが天子さまや藩主さまが求めることなら致し方ないのかな、とも思っている。しかし、今日明日来るかと待ち望んでいた迎えのないうちに一年が経ってしまった。

堀辺家は猪苗代城を任されている。佃家の屋敷は若松にあるから動静はわからない。明成は怪異にとりつかれて家臣の前に姿を見せぬという話は伝わってくるものの善が気になるのは恋人のことのみ。焦がれる想いは日々募るが、女性が一人街道を往来して良い時代ではない。石右衛門は忙しいのだ、と自分に言い聞かせているうちに、善に縁談が持ち上がった。

「堀主水どののご子息だ。相手に不足はあるまい」

父はもちろん、娘が堀辺石右衛門と言い交わした仲とは気付いていない。そして父の決めた嫁ぎ先に逆らうことも、この時代の少女には許されていなかった。困惑しているうちに準備は進む。やがて、堀主水が佃家に挨拶(あいさつ)に来ることになった。

形ばかりのもので、善も心ここにあらぬ気持ちながら家に恥をかかせるわけには、と無難にこなす。部屋に戻ると急に涙が溢(あふ)れてきた。

「ごめん」

廊下で声がして、善は慌てて嗚咽をしまいこむ。涙を拭き、背筋を伸ばして誰何した。

「堀主水である」

善は立ち上がって障子を開けようとしたが、そのままで良い、と主水は制した。

「嫁入り前の若い娘の部屋を見たいわけではない」

と続ける。堀主水は歴戦の勇者で、その容貌も余人が近づくのを拒むような厳めしさがあった。祖父や父が長く共に働いていることは知っていたが、言葉を交わしたこともない。

「急な婚儀で戸惑ったことだろう。堀家はあなたを心より歓迎する」

これは異例な言葉だった。嫁ぎ先の当主がわざわざ嫁に来る娘をいたわる。そこに堀主水の気遣いを感じた善は、今の心持ちのまま嫁ぐのは不実だと考えた。

「お待ちください」

立ち去ろうとする主水の足音が止まった。

「わ、私には……言い交わした仲の方がおります」

「……それは婚儀の妨げにはならぬ」

「いえ、そうではなく」

善は口ごもった。堀主水が再び障子の前に身をかがめた。善は戸を開き、主水を招き入れる。そして、自分と堀辺石右衛門がいかに愛し合い、藩主のために力を尽くしてきたかを切々と訴えた。

「湖の女神となって殿をお慰めしていた、と……」

主水の瞳がすっと細められたことに善は気付いていない。

「それは今でもか」

「いえ、もう一年も前のことでございます。堀辺さまのお父上がお亡くなりあそばされてから、石右衛門さまも身辺慌ただしくなり、ここしばらくは文のやり取りすらかないません」

「……わかった。言いづらいことをよう言うてくれた。ただ、もはや両家の話は進んでいる。殿もこの婚儀にはお喜びだ。しばし堪えられるか」

善は主水の厚意に涙を流して叩頭し、謝意を示した。

屋敷に戻った主水はすぐさま佃家へ書状を送り、庭から若松城の天守を見上げた。

一刻ほどして、その足もとに近習の若者が膝をつく。そして間もなく来客が到着する旨を告げた。主水はそれを聞くと、ゆっくりと庭園の中へと歩を進めた。広いが飾りけのない、会津磐梯(ばんだい)の裾野(すその)をそのまま切り取ったような荒涼とした庭だ。

剣の刃鳴りに似た音に主水が振り向くと、佃三郎兵衛が異相の男を伴い、怒りに満ちた表情で立っていた。

「亀姫の形を得たり……」

この男を見たことがある。加藤嘉明の枕頭に侍っていた薬売りではなかったか。だが三郎兵衛の怒気に引き戻された。

「そちらから申し出ておいて婚儀を繰り延べにするとはどういうことですか。事情はこれにある薬売りに聞きましたぞ。嫁入り前に心波立っている娘に言葉をかけていただいたのはありがたかったが、それが値踏みするためだとしたら承知いたしませぬぞ」

「人柄がふさわしいかどうか、検(あらた)めるのは何もおかしなことではない。男子ならまだしも、娘は婚儀の前にその心底を確かめることはまずできないからな」

「非礼ではないか。たとえ言い交わした男がいたとしても婚儀を止める理由はない」

「娘が隠し事をしたまま我が家に嫁ぐことも非礼ではないのか」

三郎兵衛は口を開け、言葉を失っていた。

「父は何も知らぬと娘は懸命に隠していたが、わからぬ佃どのではあるまい。子のために親の目は見えなくなるという。それも人情だろう。だからといって、怪異に取りつかれたという主君の噂に聞こえぬふりをし、その側近の座を占めて藩政を壟断（ろうだん）しているる家老の息子との交わりを見過ごしているのは、わしらにも娘に対しても不実ではないか」

主水の言葉に三郎兵衛はがくりとうなだれた。

「我らは何より、大殿に不実があってはならぬ」

三郎兵衛が何故か微（かす）かに笑みを浮かべた。

「何かおかしなことを言ったか」

「堀どのの全ては松苑院（しょうえんいん）（嘉明）さまが基になっているのですな」

「わしにはそれ以外何もない」

「大殿に対して忠であるべきことは、父十成に叩（たた）き込まれております。明成さまが猪苗代の鼈（すっぽん）の怪異にたぶらかされ、苛烈（かれつ）な政を敷いて領民を苦しめる。それは松苑院さまに忠とは言えますまい」

主水の気配に厳しいものが加わり始めている。

「堀辺石右衛門の悪だくみに気付けなかったのはわしの責だ。大殿の負託に応えるためすべきことをする」

「いや、お一人で背負うべきものではない」

「決して短慮で言っているのではない。強諫は己の首をかける覚悟で行う。致仕することになるかもしれないが、その後の藩と家中のことを誰かが支えねばならん」

「……殿をどうなされます」

「怪異が取りついているのなら、それを祓う。もし取って代わられているようであれば、わしはすべきことをする」

三郎兵衛はその覚悟に戦乱の世を生き抜いてきた男の闘志と忠義を感じ取る。そして主水とは似て非なる剣気を伴って、薬売りが静かに立ち上がるのが見えた。

四

慶長十六年に起きた会津地震で倒壊した天守を層塔型天守に建て直し、北と西の出丸まで加えた会津若松城の天守は、今や五重五階の豪壮なものとなった。美しい鶴翼の城容は「鶴ヶ城」の名にふさわしいものとなった。だがその美しさをただ喜び称える者ばかりではない。

堀主水は苦々しい思いで巨大な鶴翼を見上げていた。

嘉明ならこの天守を築くためにどれほどの犠牲が必要か、まず考えたはずだ。天守が傾いていようが天下が定まっていればよい。天下が定まっていれば、守りの要である天守など後回しでよいのだ。

「薬売りよ」

主水はすぐ後ろを歩く出自も名すらもわからぬ男に声をかけた。

「偉大な主君の血を受け継げば、その人もまた偉大であるとどこかで信じていたが、そうもいかないようだ」

「誤りし信を捨て形を知るには見なければならぬ。真を知るには学ばねばならぬ。理を知るには形と真からさらに踏み込むべし」

薬売りの言葉に主水は深く頷く。主水は城に近づくにつれて、心中に迷いを感じていた。だがその迷いは、大藩の家老として得た多くを失うことへの恐れであることも理解していた。

主水はこの日、一族の主だった者に、裃の下に鎖帷子を着こませ、長持ちの中には城に献納するという名目で三百丁の長筒を用意させていた。

「しかしモノノ怪などと……我らに隙があるからそのようなものにつけこまれるのだ」

「さにあらず」

薬売りの言う「モノノ怪」は荒唐無稽に思えたが、藩主の周囲で起きている異変と重なる部分が確かにあった。

「形に惑わされてはならない」

城に入る際、薬売りはぽつりと言った。異様な風体をしている彼を、誰も制止しない。この薬売りもまた尋常の者ではない。だが主水は薬売りの正体よりも、これからの会津藩を、加藤家をどうするかが肝心だった。

控えの間には既に加藤監物が座していた。主水が目礼すると、

「佃家との婚礼を取りやめたそうだな。家中が穏やかでない時に何をしている」

挨拶（あいさつ）もそこそこに責めるように言った。監物は明成の弟にあたる。若松城の天守で何が起きているかはわかっている。それでも、主水たちと同じようにそれを止めることができなかった。

「お前たちがしっかりせぬから……」

先君と顔つきは似ているが、その魂には雲泥の差がある。

「先君は君主としての道を全うして彼岸に渡られました。我らの臣下としての道が至らぬせいで、百姓は苦しんでいる。監物どののお言葉の通りでしょう」

主水の気迫に監物は圧（お）されたように視線を逸（そ）らせた。

「ど、どう道を全うするというのだ」

「臣下の道は主君の誤りを正すこと。領民に過度な苦しみを与えぬために力を尽くすのが道でございましょう」

「確かにな。貴公の働きに期待している」

監物はあからさまに腰が引けていた。もともとその働きには期待していない。やがて主君の来着が告げられ、集められた宿老は一斉に平伏した。

五

そして頭を上げた宿老たちは息をのんだ。そこにいたのは藩主加藤明成ではなく、巨大な鼈（すっぽん）であった。監物は口を開けたまま言葉を失い、佃三郎兵衛は目を見開いたまま動かない。

「堀辺どの、これはいかなることだ」

堀主水は極力平静を保って問うた。

「主君近くに侍（はべ）りながら、殿をこのようなお姿にするとは」

「何を申すか」

堀辺石右衛門は傲然（ごうぜん）と胸を張り、主水を見下ろした。

「ここにおわすはまがうことなき会津の主」

主水はちらりと薬売りを振り返った。怪異が姿を現せば動くと言っていたが、所詮は得体のしれぬ男の虚言か、と落胆する。だがそこまで期待もしていない。道がなければ己の才覚で切り拓くのは当然だ。

「出たな化物め。君側の怪異を討ち取れ！」

主水が号令をかけると広間の四方が開いた。そこには火縄を構えた兵が三百、巨大な鼈を狙っていた。

「先君が遺した藩をないがしろにする逆臣め。ここで成敗してくれる」

主水が一喝すると石右衛門は嘲笑した。

「それは誰の許しを得たものか。城に許しもなく鉄砲を持ち込み、あまつさえ殿に銃口を向ける。逆臣はきさまだ」

主水が再度命を下すと、銃口が一斉に火を噴いた。鼈は咆哮を上げるが、その甲羅を貫いた気配はない。それどころか荒れ狂う鼈は抜刀して主を守ろうとする宿老たちの近習を蹴散らし、主水たちに迫る。

「痴れ者が！」

主水はその脇を走り抜け、堀辺石右衛門に斬りかかる。だが刃は虚しく空を切った。

ふいに主水は薬売りの言葉を思い出した。騒然となっている大広間で一人薬売りは端然と座している。

形と真と理が共に揃わなければモノノ怪を討つことはできないだとすれば、ここに真も理もないということか。これは兵法でいう虚実の虚に陥っているのではないか。主水は背筋にひやりと冷たいものが走るのを感じた。敗北と死の恐怖が暗雲となって押し寄せてくる。

「恐れとは……風に流れる雲のごとし」

薬売りの言葉に主水は我に返った。

「佃どの！」

鼈の爪と斬り結んでいた三郎兵衛が封されていた長持ちをこじ開ける。するとそこから一人の娘が立ち上がった。暴れ狂っていた鼈の動きが止まり、余裕の表情を見せていた石右衛門の表情が変わった。

「これがあなたの望んだこと……」

ゆっくりと、恋人と鼈に近づいていく。

「迎えを待っていたのですよ？」

善の背後に靄のようなものが浮かび上がっていく。その奥に赤い光が二つ、禍々しく光っている。その靄の中から疾風が飛び、石右衛門の首をかすめる。悲鳴を上げて逃げ惑う恋人を見て善の瞳から血涙が溢れた。

「私の想いをないがしろにして……」

善の悲痛な叫びが靄に吹き込まれていく。靄はやがて巨大な亀となり、それは善を飲み込んで絢爛たる衣に身を包んだ美しい姫君となり、その袖が広間を覆いつくしていく。主水の視界の隅で、薬売りが立ち上がるのが見えた。

剣の歯がかちんと音を立てる。

「真を得たり」

薬売りのその言葉を受けたかのように、主君が鼈に変化した時とは別の暴風が広間に吹き荒れる。それは会津の空をゆく冷涼なものではなく、磐梯の火口を思わせる熱風だった。剣の柄に手をかけた薬売りの闘気が熱き風となって怪異に抗っている。

「私は猪苗代の亀姫。湖の主といえば通りがよかろう」

薬売りの気配に善に取りついたモノノ怪は嫣然たる笑みを浮かべ、その笑みは憤怒の形相へと変わっていく。

「邪魔をするな……」

撃て、と命じようとする主水を佃三郎兵衛が懸命に止める。

「善が、娘があの化け物に取り込まれているのです」

「それはわかっているが」

主水が踏み込んで斬り下げたところを袖が甲羅となって防ぐ。その強固さを示すように乾いた音が連続して響く。主水は一度間合いをとり、頭を抱えて震えていた石右衛門に駆け寄ると胸倉を摑(つか)んでひきずり起こす。

「本物の殿はどうした！」

「と、殿は湖上の楽園にいらっしゃる」

「藩政を預かる身でありながら怪異にたぶらかされおって」

「たぶらかしたのではない！　殿自らがお望みになったのだ」

亀姫と藩士たちの激闘は城を揺るがしている。城のことなどどうでもよい。怪異のもたらす享楽にうつつを抜かす藩主などあのお方の跡継ぎにふさわしいわけがない。

主水は己の中にどす黒い憤怒が渦巻いているのを感じていた。それが人の生まれる前からこの地を統べて来た大亀の女神の怒りに同調する。

この地の真の主は別にいる。

主君の死を受け入れられない心。誰よりも想い、敬した主君以外に仕える己を認められず、許せぬ気持ち。想わぬ相手に嫁がねばならぬ娘の無念、若き主君の僻む心を恋人を亀姫に化けさせて籠絡し、操ろうとする若者の欲。全てが一つとなって異形のものと結びついてしまったのか……。

その時、

「殿はここに！」

広間に二人の男が駆け込んできた。死んだはずの堀辺主膳が加藤明成の手を摑み、息を切らせている。

「このたわけが！」

主膳が息子の頰桁を殴りつける。

「理、見えたり」

薬売りが目の前にいた。かちん、と柄頭の獅子が歯を嚙み鳴らした。

「モノノ怪を飼っていたのは、俺か……」

主水が呻く。

「あなただけではない」

剣が一閃する。魂魄の中に居座っていた何者かと広間に現れた怪異との間を繋いでいた何かが切り離される。

「今一度、先君の『理』を思い起こされよ」

主水は己の過ちと愚かさを目の前に突き付けられた。モノノ怪は目を塞ごうとする。力があれば、戦が強ければ、味方する者を誤らなければ、望みのままに栄達を得られる。

「誤らなければ、だ」

主水は己に言い聞かせる。もはや加藤嘉明と自在に戦場を往来した時代ではない。怪異によって政が左右されるような時代でもない。

「人は死ねば露よ」

これこそ嘉明が遺した『理』だった。梅雨のような人の儚さを知るからこそ、執着しすぎてはならない。露のように小さきものだからこそ、その行く道を誤ってはならない。主水は明成の胸倉をつかむと、

「お父上の幻と戦うな」

そう叱咤した。

「うるさい！　どいつもこいつもわしを下に見おって。湖の女神の神通力で全員成敗

してくれる！」

明成は唾を飛ばして言い返す。

「城を直し、都への忠勤を励んだところであなたは父に敵わない。だが、この時代あなたにしかできぬ政があるはずだ。追いつけぬもどかしさをモノノ怪に慰められて、それでも加藤嘉明の子か！　お父上がどのような男たちと戦ってきたかとくと見よ！」

言うなり主水はモノノ怪に体当たりし、羽交い締めにする。すかさず主水は、

「薬売り、俺ごと全てを斬れ！」

と叫んだ。

「斬るのはモノノ怪のみ」

応えた薬売りの剣が大亀の首を斬り落とした。

※

話を聞き終えた藤堂家家老、保田采女は首筋に汗が滴り落ちるのを感じていた。堀主水は主君に刃を向けたことを表向きの理由に国を出奔した。だが、収まらぬ藩の騒ぎを鎮めるため、帰国の途上、旧知の藤堂家家老のもとを訪れていたのだ。

「それはどこまで……いや、戯れにそのような話をされる堀どのではないのはわかっていますが」

「もし、逆の立場であれば到底信じられなかったでしょうな」

主水は微かに笑みを浮かべる。

「そのモノノ怪とやらに関わった者たちはどうなったのです？」

「堀辺石右衛門は謹慎、佃三郎兵衛の娘、善はその後病を得て臥せっているようです。あの娘には本当に気の毒なことをした」

「加藤明成さまは……」

その名を聞くと、主水ははっと蔑んだような声を放った。

「良い薬となるかと思いきや、ますます虚勢を張るようになりましたな」

「なんと……」

「耐えられなかったのですよ。父に敵わず、モノノ怪に振り回され、家臣にはつらく当たる。特に兵諫の形となったそれがしを許せなかったようです」

「ですがそれは兵をもって諫めたのではなく、モノノ怪から助けたのでは」

主水は首を振るばかりだった。

「よく考えてみれば、このご時世ではどういう形であれ、主君に刃を向けたことは許されなかった。さりとて、正しきことをしたと世に知ってもらいたい思いもあった。己一人のことなら潔く腹を切ってもよかったが、一族郎党を路頭に迷わせるのはしのびなかった。若殿が自ら心を入れ替えられるか、ご公儀の力をお借りして申し開きができるかと思ったが……」

そう考えたのは誤りであった、と主水はため息をついた。

「私はついに、殿のおっしゃっていた露にはなれなかった。若殿も他の者も」

「その露となるために国に帰る、というわけですか」

采女は主水が国に帰ってどうなるか、運命を見極めていると感じた。

「もしこの先、葉先を流れる美しい露を見た時には、堀主水という老いた武者がいたことを思い出していただきたい。それが最善の供養です」

立ち上がり、静かに去っていくその背中に、采女はそっと頭を下げるのだった。

第三話　玉藻前

藤川小春（ふじかわこはる）

深川の裏店長屋住まい。父は浪人の藤川高春。薬売りからもらったサイコロを二つ持っている。

藤川高春（ふじかわたかはる）

色気のある浪人。つくり花師をまとめている。貧しいわりにこざっぱりとした容姿と身なりを武器に、旗本屋敷や小金を持っている商家と付き合いがある。桂のつくり花を艶があると褒める。

花（はな）

奥州白石から飢饉の際、深川佐賀町の裏店長屋に流れてきた夫婦の娘。薬売りからサイコロを一つもらう。

桂（けい）

花の母。生家は陸前の商人だったが、父が商売に失敗して母娘を置いて逃亡。母娘で江戸に向かうことに。その途中、母が那須の温泉宿で女中として働いているとき、桂は山の中で九尾の狐に会い、気付くと手に黒く光るサイコロを握りしめていた。現在はつくり花師として生計を立てている。

玉藻前（たまものまえ）

下野国那須野に狐あり。かの狐というは仁王経に昔天羅国千人の頸を取りて祭りし塚ノ神これなり。大唐にて褒姒となり、周の幽王后としてついに幽王を亡ぼせり。（神武天皇から後花園天皇にいたる年代記『神明鏡』）

一

さいのかみじゃ　おおかみじゃ
じいにも　かあにも　ぼくぼくじゃ
らいねんもきゃ　じゅうさんじゃ
にょうぼう　うんだら　しょうぶした
おとこうんだら　そ、そ、そだて

可憐（かれん）なくちびるが遠い国の歌を奏でている。じっと見られていることに気付いた歌い手は、毬（まり）つきの手を止めて頰を膨らませた。

「小春（こはる）ちゃん、じっと見られていると恥ずかしいよ」

「見てないよ。お花ちゃんの歌を聞いてたの」

「同じだよ」

「違うもん」

二人の少女は顔を見合わせて笑いあう。うららかな春、権勢をふるった老中が失脚したり、天子に代替わりの話が持ち上がったり、と政は騒然としている。

十数年前の大飢饉の際に、奥州白石から深川佐賀町の裏店長屋に流れてきたのが、お花と呼ばれた少女の母だった。

「奥州のこと、教えて」と母にせがんだこともある。だが、母は奥州白石のことも道中のこともほとんど教えてくれなかった。

「でもお国の歌があるでしょ？」

「おかあは田舎くさいから人前で歌うのはやめなって」

「そんなことないけどな」

もう一度歌って欲しい、と小春はせがんだがお花ははにかんで首を振るばかりだった。

「それより、双六でもしようよ」

お花は懐から小さなサイコロを取り出す。磨き上げられて白く輝くサイコロに小春は思わず見とれた。

「これ、どこで買ったの？」

「旅の薬売りさんがおまけにつけてくれたんだ」

「私も欲しい！」

「又来るって言ってたよ」

小春はため息をついた。ため息と共に腹が一つ鳴る。お花は笑うことなく一度自分の長屋に戻ると、大切そうに両手で包んで何かを持ってきた。

「おかあがおはぎ作ったの。小春ちゃん、食べて」

蒸したもち米を小豆餡(あずきあん)で包んだ小さなおはぎだ。こんな素晴らしいものが家で出ることは決してない。口に含むと品のいい甘さとねっとりとしたもち米の舌触りが一体となって口の中で溶けていく。

「ごめんね、一個しかなくて」

お花が申し訳なさそうに言ったところで、小春は一つしかないおはぎを独り占めしてしまったことに気付いた。

「じゃあ今度私が何か持ってくるよ！」

「小春ちゃんおはぎも作れるの？」

お花の表情がぱっと輝く。

「う、うん……おかあに手伝ってもらって」

「じゃあ楽しみに待ってるね」

日が傾きかけている。そろそろ帰るね、と小春は手を振って長屋門を出ていく。辻を曲がるところで振り返ると、お花が見送ってくれているのが見えた。友の姿が見えなくなると、小春の足取りは急に重くなる。

表通りは夕刻近くになると急に人影は減る。ふと顔を上げると、通りから人の気配は消えていた。この刻限ならまだ西日が明るいはずなのに、薄暗く冷たい気配が通りに満ちている。怖くなった小春は早足になるが、見慣れたはずの町並みではなくなっていた。

「おとう……」

強い獣の臭いがする。甲高い遠吠えが身をすくませる。都の街中にいるのに幼き日に何度も見た悪しき夢の影。闇の中ただ何かを探し続ける悪夢だ。

助けを呼ぼうとするがのどが渇いて声が出ていかない。足音が追いかけてくる。駆けても駆けてもすぐ後ろの足音は遠ざかってくれない。息がきれ、目が眩んで思わず足を止めたところでぐっと肩を摑まれる。顔をひきつらせて振り向くと、そこには母の姿があった。

「どうしたの、怖い顔して」

「え、だって通りに誰もいなくて、怖くなって……」

母は怪訝(けげん)そうな顔をしている。気付くと通りはいつもの夕刻前と変わらず、多くの人が行き交っている。空も黄昏(たそがれ)の寂しさにはまだ遠く、陽射しの明るさもお花と別れた時と変わらない。

「おかあはどうしてここに？」

「私？　ちょっとね……小春を迎えに来たのよ。さ、帰りましょう」

背中を向けるとさっさと歩き出す。母が迎えに来てくれたのが嬉(うれ)しくてその手を繫(つな)ごうとする。だが母はすいと振り払った。いつもの母だ、と小春は落胆してその後ろを歩く。

「おとう、見なかったかい？」

前を向いたまま母が問う。

「お仕事だから先に帰ってろって」

「お仕事してるところは見たかい？」

「見てないよ」

邪魔になるから決して仕事をしているところに行ってはならない。それが父との約束だった。優しい父が唯一怖い顔をするのがその時だった。

小春は深川の裏店長屋住まいで、お花のいる長屋からは数町離れた深川冬木町にある。父は浪人で上総の方から流れてきたというが、小春も詳しいことは知らない。ただ目の前の現実として、父は竹の刀を腰に差し、つくり花を作っては元締の商人に売って何とかその日を暮らしている。

「おとうは木戸が閉まる前には帰るって」

「そうかい」

母の声にはどこか棘がある。小春は母から突き出た棘が怖い。いつか自分たちが日々暮らしている小さな幸せの風船を破ってしまうのではないか、と心配なのだ。

「あの、今日お花ちゃんにおはぎもらって、今度お返ししたいから作って欲しいんだ」

「おはぎなんて贅沢なもの、作る銭はないよ」

銭がない、と言われれば我慢するしかない。

「じゃあ小春も働く」

「あんたにできる仕事はまだないよ……そうだ」

母は振り向いた。

「おとうの仕事についていくとき、どんな仕事ぶりか見てきてくれないかい」

「でもそれをするなって」

「してくれたらお花ちゃんへのお返しにお菓子作ってあげるよ」

小春には拒むことはできなかった。仕事ぶりを見るなと父は言うが、どの道作業場で黙々と手を動かしているだけだろう。何故そんなところを見ろと母が言うのかはわからなかったが、おはぎのためならやる価値はある。

それに母が小春に命じたり叱ったりするのではなく、何かを頼んでくるのは初めてだった。

二

お花の母である桂(けい)の生家は、陸前(りくぜん)の商人だったという。

「私の家は立派だったの」

桂はそう娘に話して聞かせることもあった。都にいれば広大な屋敷をいくつも見る。この町は本来、果ての見えない高い壁に囲まれたお殿さまたちのためのもので、旗本や御家人たちはその隙間に、町人たちはその余った土地で肩を寄せ合って生きている。

壁の向こう側とこちら側。

一度越えてしまうと戻ることは難しい。桂は幼い頃、母親から聞かされた。私達はかつて壁の向こう側の豊かな世界に暮らせる身分だったというお話。それはおとぎ話のように桂の心を捉えて放さなかった。

だが現実は夢物語とはいかない。

百姓の妻に収まって貧しくも平穏な人生を送るつもりでいた。そこに襲いかかったのが大飢饉であった。村では多くの人が飢えと病に倒れ、藩の救済も間に合わなかった。村人の困窮は職人の死につながる。

桂は父の顔を知らない。

商売に失敗し、多くの借金を作った父は姿をくらました。母からは死んだと聞かされているが、故郷を出る直前に近所の者が江戸に逃げたのではないかと教えてくれた。だから江戸へ行くと聞いた時は嬉しかった。

母子で奥州白石から江戸まで向かうのは困難を極めた。桂の母は那須の温泉宿でしばらく女中として働き、心身を削って銭を貯めた。その間のことは桂もほとんど憶えていないが、一つだけ強烈に記憶に残っていることがある。

母が働いている間は、暖かい季節なら川や山で花を摘んで遊んだ。時に山深く入って母に叱られることもしばしばあったが、よそ者だけに友だちもできず肩身の狭い街中にいるくらいなら山の中の方がまだ居心地が良かった。

その日は山の躑躅がとりわけきれいで、見ているうちに慣れた道から外れてしまった。迷っているうちに、躑躅どころか草すらもない岩だらけの荒野に出た。源泉からは硫黄の臭いが強烈に漂っている。

頭が痛くなるほどの瘴気の中で、桂は一匹の獣が石の上に倒れているのを見た。それは犬のように見えたが、近づくと狐であることに気付いた。

「こんなところで……」

頭痛を忘れて狐を助け起こす。奇妙なことに、狐には尾が何本もついていた。そのうちの半ばはちぎれてなくなっている。幼い子供には大きすぎる獣の身を抱え、その場から離れようとする。

「優しき子よ」

どこからか声がする。それが背中の狐だと気付いて危うく放り投げそうになったが、傷ついていることを思い出して踏みとどまる。

「我が欠片を集めよ。さすればこの世は全て思いのまま。失った富貴も限りなき命ですら手に入るであろう」

「か、欠片？」

「欲、執われ、恨みこそ我が糧。分かたれし魂を結び大いなる力を手に入れよ」

硫黄の臭いに獣臭が重なって気が遠くなる。

頭痛が激しくなり、気付くと桂は温泉町入口の稲荷社の前に倒れていた。手に何か痛みを感じて開くと、黒く光る石で作られた小さな賽子だった。

その後、何とか江戸に潜り込んだ桂と母は、街に渦巻く人と金のおこぼれを拾いながらなんとか命を繋ぐことができたのだ。


「おっかあ、小春ちゃんすごく喜んでた」

お花の声に我に返った桂は微笑む。

「そりゃあ良かったねえ」

「今度はもっと作って」

「いいよ。今の仕事が一段落したら、少しはお金も入ってくるだろうからね」

桂はつくり花師として生計を立てている。本当は生花の道に進みたかったが、貧しくては適当な師に弟子入りすることも叶わない。さらには生花を美しく育てるにも元手がかかる。花の盛りはあまりにも短いのだ。

「今のつくり花ってお城に献上するの？」

「どこのお城かはわからないけどね」

大和に都があった古の時代からすでに、祝宴を催したときに、造花を岩に配する風習があった。人々の魂を活気づかせたり、反対に鎮める力があったりしたとされる。

平安の世には造花を髪や冠に飾る風習もあり、紫式部の日記などにも記述がある。

花の木にあらざらめども咲にけり

と詠われるように自然の花とは別に愛され、京都御所などでは絹の造花が盛んにつくられたという。江戸でもその伝統は受け継がれ「お細工物」として仏壇や花簪で使われている。

もともと、奥州白石にいた頃から造花を作る技を少しずつ練習してはいた。だが、本格的に造花造りを始めたのは、夫が世を去ってからだった。

長屋の大家の友人で小間物職人の元締でもある陸奥屋鷲蔵という男が、

「つくり花師をやるといい」

と勧めてくれたのだ。

「娘も花というのだろう。ちょうどいいではないか」

大家が店子の面倒を見るのは珍しいことではない。仕事の世話をしてくれることもあるだろう。だがこの鷲蔵は、表通りにある店から暇があると顔を出し、何かと口出ししてくる。

「男の出入りはいかんぞ」

などと言われた際に、この男に色目を使われているのではないかと疑うに至った。

そこに現れたのが、藤川高春という浪人だった。

つくり花は屋敷や部屋、庭全体を見てどのような花を配するかを、その持ち主と相談する仕切り役がいる。それを引き受けているのが藤川浪人だった。貧しいわりにこざっぱりとした容姿と身なりを武器に、旗本屋敷や小金を持っている商家と付き合いがある。

「お桂さんのつくる花には艶がある」

藤川はそう言って褒めてくれた。

「艶……」

桂は一瞬呼吸を忘れた。これまでつくり花で日銭を稼いできたが、注文通りに作っておれば何も言われず、できが悪いと嫌味を言われたうえ銭ももらえない。褒められることもないから、考えながら注文主の財布のひもが緩くなるつくり花を作ってきた。それを藤川浪人は、艶がある、と称えてくれるのだ。

艶はこの浪人にもあった。着流しは紙子で刀の拵えも粗末であることはわかる。それでも、ふと首筋に垂れるおくれ毛や衣に焚きしめた安い香と体臭の混じったものが鼻腔に届くと、妙な気持ちになる。獣を思わせる猛々しい臭いをかつて嗅いだことがある気がした。

桂は夫を失ってから男の匂い、というのを何年も意識したことはなかった。夫を失い、娘のお花を一人抱えて色恋のことを考えるなどはしたないと自分を戒めていた。

「あなたにも艶がある」

まっすぐ目を見て言われると、失ったはずの何かが頭をもたげてくる。藤川はあからさまに誘いをかけてくるわけではない。もどかしい、と思う自分も嫌ではあったが、理性が勝っているのは自分には娘のお花がおり、藤川に妻子がいるという事実だった。その理性を突き崩そうとする者がいる。妖艶な九尾の美姫が望むままにせよと耳許でささやくのだ。

「おはぎね……」

故郷の仙台近郊ではずんだを使ったぼたもちがよく作られていた。幼い頃、両親によく食べさせてもらったが、家が落魄するにつれ、ぼたもちは思い出へと変わっていった。

三

この町には何でもある。人が集まって物も集まるから望むものは何でも手に入る。ただしそれは銭があれば、の話だ。財布を見ればおはぎの小豆を買うくらいは残っている。だが、米櫃や漬物樽に残っている量を考えると財布のひもが締まる。

少し大きな仕事が入ったら、思う存分おはぎを作ってあげよう。

今、藤川高春の口利きで桂のもとに入っている仕事は、両国の札差からの発注だという。札差といえば大金持ちの商人だ。部屋の飾りに生花を使うのが普通だと考えていたが今はあえて造花を使うことが洒落ているという考えもあるそうだ。

つくり花をしている内職の職人は彼女の他にも何人もいる。誰もが貧しく裏店長屋の一室で黙々と花一輪を作っている。その数人を束ねているのが藤川浪人で、そのさらに上に元締の商人がいる。元締も江戸に何人かいて、藤川と陸奥屋鷲蔵は関わりのない別の店だった。最初はそれだから仕事を請けたが、まさかこうなるとは……。

「この竜胆（りんどう）の花びらの向きを、こう少し傾けて」

藤川は数日おきに桂の家を訪れてはつくり花の話をし、時には熱を帯びて桂の手に触れる。はじめは我にかえってすっと距離をとっていた。だがある時、藤川はそのままそこにいた。

「近いですか」

「花が……」

「あなたの花は美しい」

気づくと、男の逞（たくま）しい腕に包まれていた。望んではいけない。拒まねばならないのに、体が動かなかった。逞しいだけではない。花に触れるような指使いと舌使いは、熟れた肉体を桂に自覚させた。

男は艶ごとに慣れている。何度も忘我の境地へと連れていかれる中で、冷静な自分もいた。その冷静さが熱情と混ざり合い、熱せられた鉄が冷水に沈められた時のような沸騰が五体を駆け巡る。

「……また来ます」

桂が乱れた衣と髪を整えるのを、藤川は待っている。それは、この部屋に入る前と後で何も「起きていない」ことを示すためだ。声は出さない。喘ぐ荒い呼吸すらも部屋の外に漏らしてはならない。

両隣とは薄い壁一枚を隔ててあるだけだ。昼間は仕事に出ている職人でその妻も小間使いとして働きに出ているとはいえ、どこに耳目があるかわからない。その秘め事をしている後ろめたさがさらに肉体を燃やしてしまう。

花をつくる。

それがつくり花なのか己の肉体なのか桂はよくわからなくなっていた。ただ情事が終わって藤川が去り、娘が帰ってくる前に家事を始めると肩のあたりがずんと重くなる。仕事に精は出るようになったが、情事の分疲れもある。

戸の外で人の気配がして、桂は慌てて身繕いをした。

「邪魔するぞ」

入ってきたのはつくり花師の元締である陸奥屋鷲蔵だった。

「この仕事……誰から受けてるんだ。義理を欠くようなことをしているんじゃあるめえな」

「元締とつくり花師の間柄は仕事一つごとのはず。前ちょうだいしたものはきっちり納めております」

「一つ仕事が良ければ次も頼もうとするのが元締の義理。せめてそれを待つのが職人の義理ってもんじゃねえのかい」

声は冷たく、重い。先ほどまでの温かく軽やかだった囁きを思い出して体が熱くなる。

「男を連れ込んでるそうじゃないか」

「何のことです？」

「人目の少ない時間を狙っているようだが、裏店長屋で逢瀬とはな」

「疚しいことなど何もありませんから」

桂の声は険しいものになる。

「そう怒るな。連れ合いのいる男に心惹かれても明日はないぞ」

「連れ合いをなくした女の部屋に上がり込んで、あれこれ口出しするのはいいのですか」

もうこの男から仕事を恵んでもらわなくても生きていける。その希望が桂を強気にしていた。いつものように叱責されるかと思いきや、鷺蔵は黙って立ち上がり、部屋を出ていった。不気味に思いつつも、桂は安堵して夕餉の準備に取り掛かった。

四

父、高春の仕事についていくのはつまらない。でも家にいるのはもっとつまらない。家にいても父と母はほとんど口をきかない。激しく言い争うわけではないのに、その沈黙の冷たさに小春は居た堪れなくなる。

「今日、頼んだよ」

母から受けた秘密のお願いは、つまらぬ日々に光を灯した。ただ、それは中々難しい務めでもあった。父は勘がよく、仕事場にしているというお花の家を覗こうと近づくと、大抵戸が開かれる。

「向こうで遊んでいなさい」

そう冷ややかに言われると素直に従わざるをえない。しょんぼりした気持ちも友の顔を見れば癒される。

夕刻帰ってから、母に父の仕事の様子を見られなかったと言うのは気が引ける。母の眉間に一瞬苛立ちの縦皺が顔を出すが、幻だったかのようにすぐ姿を消すのを見るのが辛いのだ。

「今日はお堀端に蓮華が咲いていたの」

　その憂うつを和らげてくれる友の声だ。

　お花はその名の通り、季節の花々に詳しかった。親がつくり花師として生計を立てているのは変わらないのに、小春の父が花々のことを教えてくれたことはない。

　一旬過ぎれば、咲く花は変わる。雨が上がれば別の花が咲く。月と星も花と繋がっている。小春からすると、お花の言葉はこれまで足もとにありながら何も知らなかった大地の精霊たちからの贈り物に思えた。

「そうだ、小春ちゃんと見たい花があって」

　お花にそう言われると、小春の胸は躍った。

「その花は砂浜に咲くんだよ」

　花は土に咲くもの。海にはないものと思い込んでいた。

「砂浜の花が好きなんだ。だって海の力を吸い込んでいるかもしれないんだよ。だから一番綺麗に見えるんだ」

　小春はそんなことを考えたこともないが、この子が言うならきっとそうなんだと納得する輝きがお花の瞳にはあった。ただ、今日はその輝きに心を囚われてはならない。

「おかあの仕事、どうして見たいの？」

理由を問われて小春は戸惑った。

「きれいなつくり花を作っているところ、見てみたいから」

「でも私がもっと綺麗な、生きている花のあるところに連れて行くから」

見たことのない友の表情を前に、小春の心は揺れ動いた。

「でも……おかあに頼まれたことだから」

お花はぐっとくちびるの両端を下げると、背中を向けて駆け去った。小春はその後を追おうとしかけて足を止める。友と砂浜の美しい花を見に行けたらどれだけ幸せか……。

長屋は朝の家事を終えた女たちが楽し気に話し、その足もとで遊んでいた幼子が小春のところに駆け寄って、遊ぼうと袖を引く。

「小春ちゃんのおとう、つくり花で忙しいんでしょ?」

その声が意外に大きく、井戸端で話していた女たちがこちらを向いた。何を言うでもなく、含み笑いを浮かべてそれぞれの家に帰っていく。幼子の母親も小春とは目を合わさずに、むしろその視線を避けるように我が子の手を引いて帰っていく。

長屋の軒先に小さな静寂が訪れる。表通りの賑わいも聞こえなくなり、小春は数日前の黄昏時を思い出す。日の光もまだ若々しい刻限だというのに、膝が震えるような冷気があたりを包む。

顔を上げると長屋の突き当りに黒い影が立っている。

「お、おとう……？」

仕事をしている様子を覗こうとしているわけでもないのに、父が顔を出したのかと思って怖くなり、思わず長屋門の方へと逃げてしまう。だが日も高いうちから門は固く閉じている。門番をする老人の姿も見当たらない。

不意にかちんと歯の鳴るような音が聞こえた。

「玉藻前の形を得たり」

耳元で声がする。

またあの悪夢を見せられるのは嫌だ、と必死に門を叩く（たた）と、軋ん（きし）だ音を上げて門がゆっくりと開いていく。わずかに開いた隙間からまろび出た小春は固いが弾力のある何かにぶつかって跳ね返された。恐る恐る見上げるとそこには両親とも長屋の住人とも違う、異相の男が立っていた。

身の丈を超えるような行李（こうり）を背負っているのにその重さを感じさせず、身をかがめる。

「怯え（おび）なくていい」

その声は少し父に似ていた。優しそうで、冷たい。

「薬を売って旅をする者だ」

「今、怖いものが……」

「この門が開いたからにはもう大丈夫だ。塞の神がお前を守る」

背後から何かが近づいてくる気配がする。振り返って「それ」を見てはならないと本能が教えている。思わずぐっと男の裾を握る。肩に置かれた大きく柔らかな手の感触と見上げた先の鋭い瞳が、小春の最初の印象が誤りであったことを教えた。

「あれはこの門の先には進めない」

気づくと、男と小春は長屋門の外に立っていた。男は自らを「薬売り」と言い、名乗ることはなかった。

「あれはおとう？」

「モノノ怪だ」

「モノノ怪……お化けみたいなもの？」

薬売りは答えず、行李の中から小さな賽を二つ取り出して小春に手渡した。

「私、薬買ってないけど……」

「どうしても進めない時に振ればよい。真と理が備わりし時、賽は道を指し示す」

小春には難しい言葉に首を傾げているうちに、薬売りの姿は消えていた。

五

長屋のそれぞれの家からは、赤子が笑ったり泣いたりする声と、子をあやす母の声が聞こえている。誰かが楊枝(ようじ)作りをしているのか、小刀で木を削る音も漏れ聞こえてくる。だが、つくり花をしている父の気配は感じられない。

長屋の一番奥、お花の家を仕事場として父は働いているという。大人の仕事の邪魔をするなと厳しく命じられているとはいえ、母からものを頼まれることなど滅多にない。もし務めを果たせれば、もっと優しくしてもらえるかもしれない。

足音を忍ばせて長屋の奥へと歩いていく。また変な影を見たらどうしよう。それより父に咎(とが)められたらどうしよう。歩を進めるのと同時に言い訳を懸命に考えた。

隣にはいつも遊んでいるお花がいない。彼女が小春に意地悪をして、どこかへ行ってしまった。寂しくなって父のもとへ来たのだ。これだ。

今度は無事にお花の家の前に着いた。しんと静かだが、耳をすますとかさかさと物音がする。つくり花は色紙や布を多く使うから、そういう音がすることは知っていた。

戸に耳をつけるのはさすがに人目が憚(はばか)られ、裏に回って壁に耳をつける。壁ごしに聞こえる音はもどかしいほどに小さく、様子が明らかになるほどではない。壁をくまなく探して小さな穴を見つけ、そこから覗き込む。

穴は小さく中は薄暗いのではっきりとは見えない。だが、音は先ほどよりもはっきりと聞こえる。それは苦しげな荒い息遣いのようだった。

父かお花の母のどちらかの具合が悪いのだろうか。さらによく見ようとしてのぞき穴に目を押し付ける。すると、何やら人が横たわっているのが見えた。やはり具合が悪いのだ、と声をかけようとした瞬間、ぐっと手を摑(つか)まれた。

「しっ」

お花が指を立て、そっと小春を壁から引き離す。

「もういいでしょ?」

横たわっている人影が目に焼き付いている。二つの体が重なっているようにも見えた。その意味するところはわからなかったが、見てはいけないものを目にしてしまったような焦りがあった。

怖い、と思わず口に出すと、お花はぎゅっと小春を抱きしめた。

「きれいなお花だけ見ていようよ」

「きれいなお花だけ？」

「そう。花は小春ちゃんをがっかりさせたりしない。怖がらせたりもしない」

確かにお花の言うとおりだ。見てはならないと戒められていることには必ず理由がある。母の頼みも何か故（ゆえ）があるのだろうが、父の言いつけも小春が見るべきでないからこそなのだろう。

お花はきれいなものを教えてくれる。美しさを見せてくれる。その友に自分はなにを返せるだろう。それを考えると……。

小春はよくわからぬ、しかし不快な記憶を消し去るように親友と手を繋（つな）いで海の方へと駆けて行った。

六

夫の高春から艶（なま）めかしい匂いがすることに気づいたのは、大きな仕事が入ってきたと聞かされて間もなくのことだった。

さる豪商の茶室を飾る、つくり花の小園を任されたのだという。浪々の身とはいえ、両刀を差す立場でありながらつくり花の職人稼業とは誇らしいわけではない。それでも、ここしばらくなかった大きな実入りへの期待は彼女の胸をたかぶらせた。

昔からこの男は信用ならない。

萩乃は夫に疑いの目を向け続けている。もともと他の男を夫としていた萩乃を奪ったのは、高春であった。不倫はもとより許されることではないが、高春は萩乃を性技で骨抜きにし、前の夫を何の証拠も残さずこの世から消し去った。

美しく残酷で力強い花に愛される快感は、やがて同じ裏切りを自らに向けるのではないかという恐怖へと変わっていった。子を身ごもって悪阻がひどくなり、産後の体調も悪く夫婦で触れ合うことも減ると不安はますます強くなっていった。

「私が浮気をしているだと？」

高春に一度思い切って訊ねたことがある。

「証があって口にしているのだろうな」

「たかだかつくり花をするのに髪結いに行き、衣に香を焚きしめなければなりませんか」

夫は居ずまいを正し、険しい顔つきで萩乃を見つめた。

「つくり花は美しさを売る稼業だ。客は美しさに金を払う。職人が薄汚くても出てくるものが良ければいいという時代ではない」

仕事のことを正面に押し出されると萩乃は黙るしかない。それからは正面切って問いただすことはできない分、余計に苛立ちが募るようになってしまった。

「おかあ、遊ぼうよ」

鬱々とした気分でいる時に子どもにまとわりつかれると腹が立つ。

「今そんな気分じゃないんだよ」

「私ね、薬売りさんに賽子もらったの」

小春の手の上には小さな、薄汚れたサイコロが乗っている。サイコロを使う丁半ばくちに前の夫はのめりこんでいた。家は洗ったように貧しく、高春が救ってくれたのだといえなくもない。ただ、こんな不安な日々は望んでいない。

「そうだ小春、おかあのお願いはやってくれたかい？」

小春はちょっと戸惑った表情を浮かべ、首を振った。

「おとうに覗くなって言われてるのが怖くて……」

「それもそうだねえ」

萩乃が不愉快そうに目を細めると、娘は申し訳なさそうに首をすくめた。そういった仕草すら癇に障る。

「じゃあ、あの人が仕事をしている人の部屋に他に出入りしている者はいるかい？」

「……大家さんとか」

「他には？」

「おとうの前にお花のおかあに仕事頼んでた人がよく来てる。佐賀町陸奥屋の鷲蔵って人」

「そうかい、じゃあその人ならおとうの仕事の様子もよく知っているのかもしれないね。小春、もうおとうの仕事は気にせずお花ちゃんと遊んでいいよ」

娘は役に立たないから自分で何とかするしかない。萩乃はこっそり高春が出かけている長屋を覗きに行ったことがある。だが、長屋の住人でもない女が他の長屋をうろつくと目立つ。視界の端にそれらしき姿を見たが、自分に少し似た、瘦せて陰のあるいかにも高春が好みそうな女だった。その女の娘が小春と年頃が近いと知って尚更腹が立つ。

女は蓮華のつくり花を手に持っていた。儚さの中に華やかさのある、一瞬でも目に焼き付く鮮やかさだったのが腹立たしい。

娘に夫の様子を探るよう頼んで三日ほどして、どうにも落ち着かなくなってきた。男と女の匂いは違う。男が妻ではない女の匂いを漂わせている。その匂いの源を確かめ、断ち切らないことには気が済まない。

高春が小春を伴って出かけた後を追って萩乃も家を出た。娘が覗くことを許さないなど怪しいにもほどがある。萩乃は身ぎれいに装い、小春の言っていた佐賀町の表通りの店をまず探すことにした。疑わしい女に仕事を頼んでいた人間なら、そのような女か知っているかもしれないと考えたからだ。

瓦葺で間口の広い大店も増えてきてはいるが、陸奥屋は間口が二間ほどの小さな店だった。入口はごく質素ながら、一歩足を踏み入れて目を瞠った。色とりどりのつくり花が季節ごとに分けて飾られている。季節の異なる花が一時に咲くことはない。それは全てつくり花であった。

「何か、お聞きしましょうか」

生花を触るような丁寧な手つきで手入れをしていた白髪の男が振り向いて言った。

「つくり花を一揃えあしらっていただきたいのです」

「それはそれは。詳しくお聞かせください」

男は萩乃に席を勧めた。

「あるお方の茶室にお邪魔した際に、美しい蓮華のつくり花を見ました。蓮華は水の中にしか咲かず、茶室からは借景として眺めるしかありません。ですがそのつくり花の蓮華は馥郁と芳香を放つような美しさを放っていました」

　萩乃の言葉を聞いていた鷲蔵は、それまでの愛想のない表情をふと和らげた。

「……つくり花、お好きなようですな」

「ええ、それはもう。散る花の儚さを知りながら、つくり花の永久に憧れる。これも一つの風流でありましょう」

「時が進み、万物は変化する。つくり花もまたその例に漏れませんが、人を儚さから遠ざけ、その美しさだけを見せてくれる。つくり花の蓮華をご覧になったと仰いましたね。あれを作ってくれた職人はいま私の手から離れているのです」

「その方は……どんな職人なのです」

　萩乃の問いに鷲蔵はしばらく考え込んだ。

「良い腕と良い心を持っている」

「美しい人なのですね」

「そうですな。生み出すつくり花を見る限り、その心のうちに美しいものを持っていると言えるでしょう。行く道を誤らなければ、もっと素晴らしいものを造ることができる」

　話を聞いているうちに、抱えていた職人に対するものとしては別格の思い入れを抱いていると感じた。もしやあの女はこの商人も籠絡しているのでは、と汚らわしく感

じる。その思いを押し殺し、

「ぜひその方にお願いしたい」

と萩乃は袱紗に包んだ金子を差し出す。

「相場の倍はあると思います」

鷲蔵は中をあらためてしばらく考えると、半ばを返した。

「どうしてもこの職人に頼みたいということですな。やってみましょう」

萩乃は内心快哉を叫んだ。この商人は愛人に会う理由が新たにできて喜んでいるだろう。後はこの男を逢引の場に投じれば修羅場となるはずだ。

七

母に父の見張りをせずとも良いと言われて、小春にお花の長屋に来ることに苦しさがなくなった。

それが何よりも嬉しい。もとより父の仕事を覗く気などなかったし、あの日以来母が様子を見てきてくれと頼んでくることもない。母はさらに冷淡になったが、お花がその寂しさを埋めてくれる。

川や池、海といった水辺だけでなく、裏店長屋(うらだな)の物陰にすら美しい花は咲く。だがお花は何故か、自分たちの親が働いている場所から離れた長屋までわざわざ小春を連れて行くのがおかしかった。

きっとお花も母親に仕事をしているところを見るなと言われているのだろう。前に小春が仕事場の様子をうかがった際に止めにかかったこともそれで説明がつく。

父が仕事場にしているお花の家に入っていくのと入れ違いに、お花が出てきた。

「今日は遠くに行こう！」

笑顔で小春の手を引こうとする。だがその時、お花の家の戸が開いて父が顔を出した。手招きされて行ってみると、

「家に道具を忘れてしまった。押し入れの引き出しに細工用の小刀が入った筒があるから持ってきてほしい」

とのことだった。父が仕事道具を忘れたことはこれまでない。珍しいことだ、とは思いながらお花に断って一度帰ろうとする。だがお花は小春を行かせたくないと頑(かたく)なに首を振った。

「ここにいた方がいいと思う」

そう言い張って聞かないのだ。

「小春ちゃん、今日はここにいた方がいい」

思わず耳を疑った。

「ここにいた方が無事でいられる」

その瞳(ひとみ)には必死の色があった。

「私は何も変えたくない。小春ちゃんともずっと綺麗(きれい)な花を見て遊んでいたい」

「それは私もそうだけど……」

いつもと違う友の様子は、これで二度目だった。一度目は父の仕事場を覗こうとした時。今は父の仕事道具を取りに戻ろうとしている。

「ここにいて、守らなきゃいけないの」

「守るって、何を……」

戸惑う小春の横を初老の男が通り過ぎていく。確かつくり花を扱う商人だ、と思ってその背中を目で追うと、男は戸の少し手前で立ち止まった。先日の自分と同じで、中の様子をうかがっているようにも見える。

「小春ちゃん、すごろく遊びしない？」

お花が自分に注意を向けるように袖(そで)をひっぱった。

「すごろく遊び？」

「サイコロ、持ってるでしょ」

「持ってるけど、今やるの？」

「今やらないと先に進めないの」

お花の言葉に小春は愕然（がくぜん）とした。懐にある小さな二つのサイコロは、不思議な風体をした薬売りが進む道に迷った時にくれたものだ。父と母の仲に秋風が吹いている今、不安の中で立ち止まりそうになるのを友が救ってくれた。

その時、長屋門に母の姿が見えた。母は懐に手を入れ、何かを握っているように見える。その目は血走り、娘が前にいることすら目に入っていない様子だ。

「すごろく、始めるよ」

小春は祈るようにサイコロを握ると、大きく宙に投げた。さっと風が吹いて花の香りがあたりを包む。気付くと小春たちは巨大なすごろく盤の上にいた。

八

「これは……」

目の前には小春たちの背丈ほどにもなったサイコロがちょうど転がり終わろうとし

ていた。賽の目はそれぞれ季節の花へと変わり、寄せ植えが転がるような華やかさだ。

「小春ちゃん、三が出たよ」

一つ目の賽は一、二つ目が二を出している。

すごろく盤だから「振り出し」と「あがり」がある。小春のすごろくは、母のすごろくの一マスから始まっていた。よく見ると盤上には無数の道が四通八達している。それぞれが交わり、遠ざかり、寄り添っては離れている。

「凄いね……」

お花は手をかざして無数の道が交叉する盤上を眺めている。

「あがりはうちの家だ」

そのうち数本の道が、お花の暮らす長屋を模したマスへと続いている。まず陸奥屋の主があがりに近づいていた。マスに止まるごとに、少年だった主は大人になり、妻を娶る。マスは明るく、美しい花に包まれている。

遠目に見ながらも小春は羨ましいと思った。親が決めた相手と結婚するのが普通の世ではあるが、恋仲になって添い遂げることも珍しくない。小春はふと、自分たちの両親がどういう馴れ初めで結婚したのか気になった。

すごろくのそこかしこに、異相の男の姿が明滅している。凝視すると消え、目を離すと現れる。薬売りだ、と確信した時にはその姿は消えていた。

鷲蔵のすごろくには幾筋もの道が交わっているが、その交叉の中でひときわ暗い色のものがあった。そこは小春にも何があるのかはっきりとはわからない。蔦と木立に覆われて鬱蒼とした中から鷲蔵とお花の母、桂の道が分かれていく。

「どうして鷲蔵さんとお花ちゃんのお母さんが同じ道にいたの」

「わからない……」

桂の道にもう一本、父の道が交わってお花が生まれ、間もなく父親の方の道は絶えてしまう。お花が幼い頃はやり病で父が命を落としたことは小春も聞いていた。お花は暗い表情で母の駒が進むのを見ている。

その後を追うように進む駒が一つある。

「おとう……」

高春の進む道はいつしか怪しく黒い影を伴っている。近づくほどに桂の駒が赤く色を変える。あれを友の母に追いつかせてはならない。小春は焦りから賽を振ろうとするが、順が回ってこなければ賽は動かないのだ。だが高春は何度も賽を振って進んでいく。

「いかさましてる」

小春は憤然としたが、父は娘と遊ぶ時もずるをするような人ではない。その横顔は見たことのない禍々(まがまが)しさに覆われていた。その父の後を母が懸命に追っている。小春がちらりと友の横顔を見ると、悲し気に俯(うつむ)いている。

父を友の母のもとに行かせてはいけない。

焦る小春の駒に、鷲蔵が近づいてきた。

「小春、お前のもつサイコロを貸してくれないか」

そう頼んできた。

「お前の母と父を助けたいんだ」

「そんなこと言って、自分が先にあがりたいんでしょ」

「ああそうだ」

鷲蔵は悪びれず言った。

「わしはもういつ終わったっていい。桂が大きく育った姿も見た、孫の顔まで見せてもらった。あとは悪い憑(つ)き物を落としてやるのみ」

「どういうこと?」

「お花の母さんを捨てたのはわしだ。奥州白石で商いに失敗して借金を作り、妻と桂を置いて都に逃げた。いつかは迎えに行こうと思っていたが、叶(かな)わなかった」

かちん、と剣の歯が鳴る。

「真を得たり……」

薬売りが小春の傍に立った。

「勝手すぎる！」

小春は叫んだ。賽をぐっと握り、鷲蔵に背中を向けた小春の前にお花が膝をつき、賽を貸してあげて欲しいと頼み込んだ。自分につかず、よく知らない男の味方をしている、と小春は悲しくなった。

「お花ちゃんは友だちだと思ってた」

「なんと言われてもいい。小春ちゃんのためにもこの人を先に行かせてあげて」

小春の望みと異なることをする時の、必死さを押し殺した表情だ。

「そんな顔したって……」

一番の友だってわかっているから、そんなわがままを言うんだ。小春は腹立たしかった。

「あれを見て」

お花の指す方を見て小春は愕然とした。あがりにあるお花の家に近づくにつれて、父、高春の姿は異形のものへと変化している。着流しの後ろから巨大な尾が何本も生え、頭には耳が、口元には牙が覗いている。

その尾の伸びた先が小春たちの乗る双六の盤上と各々のマスへとつながっている。

「何あれ……」

「あれこそがモノノ怪の形。九尾の双六こそモノノ怪の真」

不意に耳元で声がして小春は飛びあがった。

「く、薬売りさん……？」

「だがまだ理が足りぬ」

「ことわり……？」

「そして理とは心のありよう」

小春には難しすぎる。ただ、このままでは父を止められないこともわかった。

「あのモノノ怪は唐土よりきたりし九尾の妖狐、またの名を玉藻前という。唐土より飛来し、那須に封じられたがその寸前、身を天下に散らし、いつか復活を遂げんと企むもの」

高春の駒がついにお花の家にたどり着く。妖異に変化した浪人が戸に手をかけるが、戸は開かない。そこに鷲蔵、萩乃が追いついていく。二人があがりに着いた瞬間、お花の家が猛烈な炎に包まれた。

「後悔と哀惜、嫉妬(しっと)と憎悪……それこそが妖狐の力の源」

薬売りの声が静かに響く。

四人のたどった道がその炎に浮かび上がる。親の悔い、男の欲、女の妬(ねた)み、母の迷い、の全てが一つとなって狐頭人身のモノノ怪へと変化していく。

「賽を振ってくれないか」

「振ると、何が起きるの？」

「恐れることはない。お前は真と理に向き合える」

「小春ちゃん」

お花の手にもサイコロが一つ。

「薬売りさんが言ったの、私が道に迷った時、進めない時に助けになりますように、って。でも今はおかあを助けたい」

その頰に一筋涙が流れた。二人は呼吸を合わせ三つのサイコロを盤上に投げる。その賽の目が花道を作り、そこを踊るように薬売りが跳躍していく。その気配に気付いた玉藻前が白炎をまとって襲いかかる。

薬売りの剣技は凄(すさ)まじく、玉藻前を追い詰めていく。だがその時、炎に身を包んだ妖狐は顔をするりと撫(な)でた。そこには鬼気をまとった浪人の顔がある。

炎を太刀へと変え、その構えが一変する。激しく斬り結ぶうちに今度は玉藻前が薬売りを追い詰めていく。

「おとう、止めて！」

小春が思わず叫ぶ。父の顔をしたモノノ怪が睨むと、全身に悪寒が走って小春は膝から崩れ落ちた。お花が慌てて抱きとめ、母を呼ぶ。小春たちを守ろうと立ち塞がった薬売りを蹴散らした玉藻前の顔が、桂のものへと変わる。

父に捨てられ、夫を早くに失い、辛苦の中で初めて男に想いを寄せられた。その快楽と申し訳なさが魂を震わせる。玉藻前の顔は萩乃に変わる。夫の不義への嫉妬、桂への怒りが渦を巻く。そして鷲蔵。妻子を捨て己一人生き延びた罪悪感で、都で再会した娘と孫への想いが揺れる。藤川高春の色欲に取りついた玉藻前は桂たちの魂に取り込まれた自らの魂の欠片を集めんとしていた。

そんなことはさせない！　と小春も心から叫ぶ。自分とその家族と、友とその母で花を見に行くんだ。妖狐は取り込んだ者たちを黙らせようと荒ぶるが、その隙をついて薬売りが踏み込んだ。その刃の前に萩乃と桂の顔が盾のように押し出される。

「モノノ怪を蘇らせるは人を分かち、断つ情念。モノノ怪を封じるは人をつなぎ、想う心……理、見えたり」

かちん、と柄頭の獅子が歯を嚙み鳴らした。褐色の肌に浮き出るのは金色の蛇紋。瞳は紅へ、髪は銀へと色を変える。そして手には巨大な剣が握られている。

薬売りは表情を変えず剣を一閃させると、甲高い悲鳴と共に妖狐の首が飛んだ。

※

春の水辺には鮮やかな生の気配が満ちている。何より素晴らしいのは、花が放つ儚くも力強い芳香と色彩だ。

「小春ちゃん、こっちにも浜木綿が咲いてる」

二人の少女が春の花を探して緑の中を逍遥している。

「つくり花もいいけど、やっぱり生花もいいね」

萩乃は春の日の下で風呂敷を広げ、家から用意してきた弁当を広げている。高春が少し離れたところで花を摘んではその有様を帳面に書き留めている。

「私も正直、隙がありました。下心もありました」

桂は萩乃に頭を下げる。

「でもそれにつけこんだのはうちの人。じかに訊けばいいのに回りくどいやり方で痛い目に遭わせようとした私は本当に浅はか。みんなばかだった、では済まないけど」

萩乃はため息をついた。

「モノノ怪とかいうのがいてもいなくても、過ちをおかしたかもしれない。それを桂さんのお父さんが教えてくれたんだよ」

「また新しいすごろくが始まったってことかな」

「そうね。次の『あがり』までの道は、あの子たちにとって楽しいものにしてあげたいね」

二人は入り組んだ感情を押し隠し、顔を見合わせて微笑むのだった。

第四話　文車妖妃

為永春水（ためながしゅんすい）

講釈好きの祖父に誘われて寄席に夢中になる。祖父の死をきっかけに人気講釈師・伊東燕晋に弟子入りを志願するも、才能がないと断られる。書肆青林堂を営み、読本売買を始めたものの、苛立ちは募るばかりだった。

糸里（いとさと）

浅草六軒町の楽可亭の女主人。吉原出身で顔が広い。薬売りとも知り合いのよう。

高屋彦四郎こと柳亭種彦（たかやひこしろうこと りゅうていたねひこ）

読本新人作家。いまひとつ抜けきれないと言われているが、春水はその非凡な才能を見抜いている。春水は合作を提案するも、断られる。

本町庵こと式亭三馬（ほんちょうあんこと しきていさんば）

青林堂に通う人気読本作家。黄表紙から始まって仇討物、洒落本、遊女物と立て続けに当て、さらには商才を発揮して化粧水を大当たりさせて財を築いた。

お文（ふみ）

式亭三馬の娘。柳亭種彦に心酔し、種彦への恋文を為永春水に託し、恋心を募らせる。

文車妖妃（ふぐるまようひ）

執着の思ひをこめし千束の玉章には、かかるあやしきかたちをもあらはしぬべしと夢の中に思ひぬ。（鳥山石燕の妖怪画集『百器徒然袋』）

一

曾我（そが）物語の一段を語り終えて高座を下りる。薄暗い客席は八割がた埋まっているはずだが、しわぶき一つ聞こえてこない。心躍る物語といえば何よりも軍記ものに限るし、軍記ものといえば曾我の仇討（あだうち）に尽きる。

小商いをしている町家の何番目かもわからぬ子に生まれた少年、のちの為永春水（ためながしゅんすい）は、未来に何の光もない日々を過ごしていた。身に着けるものも全てボロのようなお下がりなら、玩具（おもちゃ）の一つすら買ってもらったことがなかった。

「おい、講釈でも聞きに行くか」

隠居していた祖父がふと彼に声をかけた。商家の隠居といえば悠々自適のように聞こえるがそうではなく、病にかかって体が動かなくなり、息子に店を譲らされていた。

「講釈って、寄席に連れて行ってくれるの！」

幼き日の春水は目を輝かせた。祖父とは満足に話したこともない。同じ敷地に住んでいるというのに、朝から背を丸めて酒をあおり続けている祖父にかける言葉はなかった。

「寄席はいいぞ。おとうたちには内緒にしてろよ」

祖父が高座を見に行くのが好き、ということすら知らなかった。

「高座？　そんな暇も金もなかったよ」

「今は暇も金もあるんだね」

「どうだかな」

祖父はからからと笑う。こうして笑うのを見るのも初めてだった。父が祖父に話しかける時は二人とも硬い顔をしていたし、一人で酒を飲んでいる時は常に渋面だった。春水は胸の高鳴りが抑えられなかった。家の使いで往来をゆくことはもちろんあるが、楽しみのために歩いたことなどない。

「ここの講釈師にはな、品があるんだ」

「品……」

「そうだ。何を語る、何のため語るかわかってる奴の講釈は聞いていて品がある。お前もどれだけ落ちぶれても品を忘れちゃいけねえよ」

品というものが一体何なのか、春水にはわからない。

「見てりゃわかる」

銭を払い寄席の中へと入る。中は香でも焚いてあるのか、娯楽の場というよりも寺の本堂といった雰囲気だ。天神さまの境内だからな、と祖父は言う。ただ寺社と違うのは、本尊や祭壇の代わりに講釈台が高座に置かれていることだ。

しばらくすると客席は一杯になる。男が多いが、少なからず女の客もいる。常連なのか互いに顔見知りらしく、挨拶を交わしている。祖父に声をかける者は少ない。だが祖父は気にする様子もなく桟敷にゆったりと座り、高座を見上げていたが、隣に座った華やかな装いの若い男と話し始めた。舞台の上が似合いそうな異相の男で、薬草のような香りをまとっている。

「この薬売りはな、芸事がよくわかってんだ」

祖父に言われて挨拶すると、切れ長の瞳がわずかにこちらを向いた。春水は妙にどぎまぎしてすぐに目を逸らしてしまった。

穏やかに昂っている。これから目にするもの、耳にする物語がそれほどまでに楽しみなんだ。祖父はこんな顔もするんだ、と春水は驚きっぱなしだった。

いつしか周囲の話し声が止んでいる。談笑していた客たちの視線が講釈台に注がれる。祖父と同じように、横顔から期待がこぼれ出している。やがて静寂が客席を包み、三味線と鼓の調べが賑やかに鳴り始めた。

「出囃子っていうんだ」

祖父がそっと教えてくれた。華々しい調べと共に出てきたのは、まだあどけなさが頬のあたりに見える若者だった。だがそのいでたちは黒紋付の羽織袴で、首筋に見える半衿の白がまぶしく、威厳に満ちている。

「燕晋！」

と声がかかる。かけられた声には眉ひとつ動かさず、客席に向かって手をついて一礼した。そして講釈台を軽く扇で叩く。ごく小さな乾いた音が、高座から客席の方に波のように放たれるのが見えたように感じられる。

講釈師、伊東燕晋は口を開いてゆっくりと語り始める。講釈伊東派の祖で名を仙右衛門という。住まいが湯島にあったことから「湯島の燕晋」と呼ばれて親しまれた。

その芸風は春水の祖父が言うように、気品に満ちて謹厳だった。羽織袴姿で舞台に上がり、演目も御家騒動物や世俗の講釈に頼らず、『川中島軍記』などの軍談を語った。

「何せ天子さまの御前でも語るほどだからな」

客の中には手を合わせて聞き入っている者もいる。

「古より名将豪傑を見るに、仁義を先とし干戈を後にす。彼の室町の時、紛々日に兵争を事とし、あたかも群児暗中に闘うがごとく……」

それは戦国の世、信濃を舞台に繰り広げられた龍虎の対決を描いた物語だった。武田信玄、上杉謙信両雄と、彼らを取り巻く名将たちが智勇を振り絞ってぶつかり合う。両者一歩も引かず、何度も血戦が繰り広げられる。

春水は幼い頃から父や母に物語を聞かされたことがない。兄弟とも口をきかず、年近い友もいない。そもそも、世の中にこれほどまでに血を滾らせる物語が存在することすら知らなかった。

時に正面からぶつかり、時に裏をかく。そして総大将の一騎打ち、戦場に残されるおびただしい無常の寂寥。燕晋が語りを終え、また折り目正しく一礼する。

戦場の壮観は既に高座にはなく、講釈台がぽつんとあるだけだ。客たちはどこか夢を見ているような、恍惚とした表情で寄席を去っていく。春水はしばらくそこから動けないでいた。

舞台といっても板張りで、何の飾り気もない。だがそこには確かに武田信玄と上杉謙信がいた。双方十万の大軍勢がしのぎを削っていた。

「どうだ」

祖父は寄席から出ると大きく伸びをし、凝りをほぐすように何度も肩を回した。

「いいもんだろ」

ただ善い悪いで表現できるものではなかった。これほどの楽しみ、これほどの昂ぶりがまだ全身を駆け巡っている。また来たい、と春水は何度も繰り返した。祖父は満足げに頷き、

「お前ならそう言ってくれると思ったよ」

と目を細めた。伊東燕晋の語りと祖父が帰りに買ってくれた『川中島軍記』の読本は、彼の一生を決定づけるものとなった。

物語を語る。

物語を書く。

それがあの高揚に近づく道だ。長ずるにつれて春水は理解するようになった。また

寄席に連れて行ってくれると滅多に見せない笑みを見せた祖父は、その直後に急逝した。父も母も葬式では派手に泣いていたが、

「銭食い虫がようやく死んだ」

と裏で言っているのを春水は耳にしてしまった。そんな風に思っているのだろうな、というのは彼もうすうす感じていたから、特に驚きはなかった。線香の番をしている時、春水はそっと死に顔を隠している白布を上げてみた。

寄席で見たあの「張り」は失われ、一人縁側で酒を呷(あお)っていたあの渋面だけが残っている。無惨だとは思わなかった。祖父は苦渋の全てをうつし世に置いていったのだ。

二

「語れ、書け」

祖父はその使命を己に与えるために、湯島天神に連れて行ったのだと春水は信じた。

講釈師になりたい。読本の書き手になりたい。だから家を出してくれと意を決して両親に頼んでみた。

「お前がいなくなると一人余計に雇わなきゃならねえだろうが」

そう言って父に殴られて終わりだった。だが、春水の中ではこれで筋を通したと腹をくっていた。その夜、家から逐電したのである。

行く先はもう決めていた。祖父が教えてくれたあの語りの世界。語りの基となる軍記の第一人者、伊東燕晋のもとへと向かう。まだ幼かった春水は、家を逐電してきた子どもを受け入れてくれる大人と、そうでない大人がいることを知らなかった。

燕晋宅には薬の行商人らしき派手な装いの男がいたが、構わず弟子入りの願いをまくし立てる。

「弟子はとらん。帰れ」

燕晋本人ではなく、使用人らしき頭の禿げあがった男が面倒くさそうに手を振った。

「おじさんは燕晋先生じゃないでしょ」

「本人ではないが、お前みたいなのを追い返すために雇われてるんだ」

どこの寄席にも小屋番はいるが、春水はそれすらも知らなかった。

「俺、燕晋さんの講釈を聞いて本当にすげえと思ったんだ、どうやってもあんな講釈がしたい。あんな話を作ってみたいんだ」

懸命に春水は訴えた。これまでの人生がどれほど暗くつまらないもので、燕晋の講釈に出会ったことでいかに人生が変わったか……。

「お前の話はどうも、わかりづらいな」

腕組みをして聞いていた男はふいにそんなことを言った。

「わ、わかりづらい？」

「懸命にしゃべっているのはわかるが、全く響いてこんな」

「響くって……どういうこと？」

「お前には講釈するのは無理かもしれん」

さすがに春水も腹が立った。

「まだ一日も修業してないのに無理とはなんだよ」

「講釈台の前に座ることは誰にだってできるが、そこで銭を取るのは誰にだってできることじゃないんだよ。お前には無理だ帰りな」

春水は呆然(ぼうぜん)として家に帰りかけた。身元がわからなくても生きている者たちはいる。無宿者の間に入っても、必ず高座を目指すと誓いだけは立ててきた。これで諦(あきら)めると思うなよ、と捨て台詞(ぜりふ)を吐こうとしたところで、奥から人が出てきた。

「前にお客で来ていた子だね」

高座での羽織姿ではなく、気楽な着流し姿が粋だった。

「話は聞いていたよ」

春水はその前にひざまずき、弟子入りを懇願した。

「なかなかつらい身の上のようだね。高座に上がる人間は身寄りがなかったり身元も定かでない者も多い。しかし、弟子入りを願うのは勝手だが私にも弟子入りさせるのに一つ決めていることがある」

「そ、それは……」

「見込みがあると私が思えた者しか弟子にはしないのだ。話を聞いていて、お前には熱心に何かを伝えようとする心はある。だが、どうにも話にとりとめがない。己の言いたいことだけが際限なく吐き出されて聞く者の心を考えていない」

春水は俯く(うつむく)しかない。

「ですが、まだ一日も修業していませんし……」

「話すことは誰でもできるが、人さまから銭をいただいて語れる者はごくわずかだ。そこには天分がいるんだよ」

それがない、と燕晋ははっきりと言った。

「天分もないのに書くことにこだわっていると、〝文車妖妃(ふぐるまようひ)〟にとりつかれるぞ」

「何です？　その文車……なんとかってのは」

「文車妖妃は文書く者に取りつく妖よ。才も無いのに書くことに取りつかれた人間の執着を喰らいにくる」

「じゃあそいつを見たらいっぱしの物書きってことですか」

「ちゃんと話を聞け。才無き者の執着はやがて怨根となって人を狂わせる。狂に取りつかれ文車妖妃の餌となって死ぬまで書き続けるのだ」

その時、かちんと拍子木で講釈台を叩くような音が聞こえた気がした。

「先生、形を得たり、といま仰いました？」

「そんなことは言っとらん」

高座の上にいるような迫真の語りで脅かしてみせたが、春水は怯まない。燕晋はため息をついた。

「とはいえ、こうしてお前の身の上を聞いたのも何かの縁だ。私の話を聞いて心動かされたのもなにか縁があるのだろう。弟子にはできないが、付き合いがある寄席で下働きを探していたからそこで働いてみるのはどうだ」

「燕晋先生……」

春水は涙を流して喜んだ。

「すぐに手配しよう。どこの寄席も人手を欲しがっているからな」

もともと寺社の境内で行われていた辻説法や講釈といった話芸は、世の泰平が続くにつれて庶民に欠かせない娯楽へと育っていった。寛政年間に常設の寄席が設けられ、それが好評を呼ぶと文化年間に入って都のあちこちに高座が開かれるようになった。

寄席はただ開けばよいというものではない。銭のとれる講釈師、噺家や芸人を集める腕のいい席亭も必要なら、面白い話の書き手も必要だ。もちろん、寄席自体の運営にも人手はいる。

「お前がもし頭角を現すようなら、必ずその先の道筋をつけてあげよう」

燕晋はそう請け合ってくれた。

これはもう、講釈師の世界に入門を許されたようなものだ。紹介された浅草六軒町にある『楽可亭』という小さく新しい寄席で、春水は働くこととなった。

三

寄席は燕晋などのように講釈師や噺家自身が営んでいることもあるが、商人や寺の坊主が金主となって経営していることもあった。楽可亭は元浅草にあるさる寺院の住職が、妾としている女に稼ぎ口として与えていた。

「名前はなんて言うんだい」

「糸里」と名乗った楽可亭の主人はまず訊ねた。家を捨て、名も捨てる覚悟で家を出てきた。これからいっぱしの講釈師か、講釈や芝居の台本書きになろうと思っているのだから、これまでの名前などどうでもいいと思っていた。

「そういう事なら新しく名前をつければいいよ」

糸里は気軽にそう言った。

「私が吉原に入る時も、それまでの名前は捨てて新しい源氏名を名乗ったもんだ」

春水はその時、庭で鳥が鳴いているのに気づいた。

「あの鳥の名前は何て言うんでしょう」

「ああ、あの声はミソサザイだね」

女主人はおかしそうに目を細めていた。

「じゃあミソサザイという名にします」

「人の名にしちゃ風情がないね。あの鳥は鷦鷯とも呼ぶけど、雅号にしても響きが悪い。書紀じゃあ大己貴神が出雲の岸に遊んだ際、鷦鷯の羽衣をまとった少彦名神にお会いなされた。その際に鷦鷯と称したというから、これを姓にすればいい」

春水は女主人の博識に驚いた。

「物を語るにはそこに出てくる森羅万象わかっておいた方がいい。何せ人に話して聞かせるんだからね。客ってのは正直だ。本当にわかって語っているのか、単なる聞きかじりで言ってるのか見破ってくるからね」

「では戦を語る講釈師の人はどうやって戦を理解しているんですか」

春水は首を捻った。泰平の世、どこを探しても合戦はない。

「刀や鉄砲でやり合うだけが戦じゃないさ」

糸里は諭すように言った。

「どんな世にだって命をかけた戦いはある。小さな商いをやっている親父さんだって、私がいた遊廓だって、旦那がいる寺だって毎日檀家との戦いをやってるんだ。あんただって決死の覚悟で家を出てきたんだろ？　それだって戦だよ」

蒙を啓かれるとはこのことか、と春水は感心していた。

「で、名はどうする」

「鵜鶘……ささきじゃないんですか」

「それはあんたが世間で通す名前だ。芸人や物書きには芸名や筆名というものがあるんだよ。師匠がいれば名をもらえたり引継いだりするが、すぐには無理そうだな」

「俺は……ずっと語り続けたいし、書き続けたいんです」

女主人はしばらく考えると「為永」と記して春水に与えた。

「永きを為す。長くやることだけが偉いわけじゃないけど、何事も続けないといい目も出ないからね。もちろん悪い目にも遭うだろうけど。とりあえず、いろんな語り手や書き手を見て目指す道を見つけることだ。ちょいとお文や」

糸里が手を叩くと一人の少女が襖を開けて顔を出した。利発そうな大きな瞳が興味深げに春水を見ている。

「私が遊廓にいた頃の友人の娘でね。物書きになりたいというからうちで養ってるのさ。寄席の掟やしきたりはこの娘に指南してもらいな」

為永正輔と名乗ることにした彼は、その寄席に居候して雑事をこなしながら、講釈師と作家としての修業を積んでいくこととなった。

四

為永正輔春水、この店での名は越前屋長次郎としている。彼は書肆青林堂の棚をはたきで優しく払いながら、その間を走り回る小さな何かを眺めていた。鼠でも虫の類でもない。からからと乾いた車の音を立ててそれはゆっくりと走り回っている。

書くことに悩むようになってから、目の前に現れるようになった奇怪な車だ。一見すると大八車のように左右に両輪がある。その間に荷台があり、前に引手がついている。それだけなら普通の荷車だが引手の先に般若に似た面がついていて、車全体を鬼火の群れが囲んでいる。

「おい、掃除の邪魔だよ」

声をかけるとからからと引き下がる。気味が悪いがかわいげがないわけでもない。春水はその奇妙な荷車に「凡」と名をつけたが、さすがに他人に言うことはなかった。

「これが燕晋先生の言ってた文車妖妃ってやつか」

部屋の隅で春水が書き散らした失敗作や他の物書きへの悪口ややっかみを記した屑紙をついばんでいる。伊東燕晋には才無き者の執着を喰らい、人を狂わせると脅かされたが幸いまだ正気を保っている。

糸里が営む寄席、楽可亭の居心地は良かった。気だるげで官能的な女主人のもとには、下心があるとないとにかかわらず、人が多く集まった。講釈師はその看板で寄席が満員になることを願い、書き手は江戸の紙価を上げるほどに本が読まれることを望んだ。

誰もが謙遜しながら、己の語りが最高だと自負していた。誰もが他の人間が書いた物語を誉めそやしながら、己の書いたものには劣っていると内心嗤っていた。その心を押し殺すために多くの若者は師匠を持つのだが、春水はそれすらもしなかった。

寄席の雑用をこなしているうち、師匠の有無で講釈台の前に座れるかどうか決まるわけではないことがわかってきた。結局は席亭がその講釈師の芸を気に入るかどうかが大切なのだ。席亭に気に入られるのは難しくなかった。

大人の顔色を見て日々を過ごしてきた春水は、その機嫌の善し悪し、何を求めているかをつかむのはうまかった。だが、機嫌取りがうまいことと講釈の腕はまた話が別だ。

軍談は読み上げる本がほぼ同じである。講釈師の流儀で多少の異同はあるものの、かなり細かい部分まで筋立ては変わらない。つまりは語り手の技量がその評価のほとんどを左右する。

「正輔の語りは今一つ響かねえなぁ」

どこの席亭にもそんなことを言われる。

「響かないってどういうことなんですか」

「それは自分で考えな」

他人の芸の善し悪しはよくわかるのに、自分の講釈についてはさっぱりわからない。

世に名人と呼ばれる人の芸は聞いて回った。一人の師匠にはつかないが、世の上手は全て己の師だ。

高座に上がることが何よりの修業だと春水は考えていた。世の弟子たちは師匠の荷物を持ったり煙草の用意をしたりと雑用に忙しいが、それが芸の肥やしになるのなら、どこの弟子よりも雑用をこなしている。

高座に住んでいる春水の顔は広くなり、たいていの高座には上げてもらえるようにはなった。だがその寄席の看板とはなれず、彼の講釈を楽しみに長蛇の列ができるということもなかった。

そうなると、どれほど席亭と親しくてもお呼びがかからなくなる。春水は芸名を変えたり故人となった講釈師の名跡を借り受けたりしてみたが、中身は為永春水でしかないのだから芸が変わることもない。お呼びがかからない芸人が寄席で下働きをしていると、今度はあいつには腕がないと陰口を叩かれるようになった。

芸を続けるには他でも仕事をするほかない。春水は書肆を開いて読本の売買をはじめた。舞台を毎日見ているから世間で何が受けるかはおおよそ見当がつく。己で書くと大したものにならないので書き手志望の若い衆に名前を貸して書かせるとそれなりの商いになった。

ただ、ままならない苛立ちは募るばかりだ。

そして顔が広くなるほど、同業の知り合いが増える。己の芸は上達しないのに耳と目ばかりが肥えていく。ある時、楽可亭に着流し姿の侍がふらりと現れた。

糸里は知り合いらしく親しげに言葉を交わしている。そのような人間はいくらでもいるのでいつもなら気にしないのだが、彼が置いていった読本を開いて驚愕した。

その教養、格調の高さとそれをゆるやかに覆う諧謔と洒落、到底春水の及ぶところではなかった。さらに、彼に続いて楽可亭に姿を現した者たちの姿を見て、春水は縮みあがってしまった。

五

山東京伝、京山の兄弟、葛飾北斎、歌川国貞と戯作の世界にいる者なら誰もが知る巨人たちと着流しの侍は親しげに言葉を交わしている。春水はどこの席亭にも己を売り込む面の皮の厚さを、まったく発揮できず横目でちらちら見ているのみであった。

「ああ、高屋さんね」

糸里はその男のことを教えてくれた。

「柳亭種彦と名乗って読本書いてるお人なんだけど、いまひとつ抜けきれなくてね」

抜けきれるきれないの問題ではない。こんな大天才を世間が宝と認めないのなら、江戸の耳目は節穴だ。

「あんたが他人の書いたものを誉めるなんて珍しい」

「良けりゃ誉めますよ」

だが、その良さは春水の心を挫いた。真似しようと思って真似のできるものではない。その背後にある巨大な智の城郭に圧倒されたのだ。この城郭を自分が建てることは無理だ。数か月悶々とした末に、暇乞いをしようと糸里の前に膝をついた。今日も先客がいるが、柳亭種彦ではない。

不思議な風体の男だった。行者のような高下駄をはき、袖の豊かな重ね着の単衣は空色で、良家の娘のように顔立ちも美しい。だがその美しさにはどこか陰と険があり、足元を見ると袴に脚絆だ。

「このお方は……」

糸里に訊ねると、薬売りだという。

「モノノ怪を探して旅をしているんだと」

春水は家にいる「凡」を思い出したが口には出さなかった。

「寄席はお化け屋敷みたいなもんですからねえ」

冗談めかして言ったが薬売りは笑わず、

「真と理はいまだならず」

とよくわからぬことを呟いて去った。

「で、どうしたんだい。その深刻な顔、まさか講釈師をやめるとでも言いに来たかい」

「そのまさかです」

「……小さいけれど、上り下りをしたんだねえ」

糸里は最近飼い始めた猫の背中を撫でながら目を細めた。

「上りの苦労は大したことないが、下りは膝に堪えるだろ？」

「膝、ですか」

「落ち目の坂は否応なく下らされる。それに周りの風景も良く見えるから、他人の才能もよくわかっちまうしね。それに抗って足を突っ張ると心の膝を痛めるのさ。ま、利口なあんたのことだ。どうしたら下りの坂を無事に下れるのかは見当がついてるんだろ」

「……坂から外れようと思います。今までお世話になりました」

「おや、それは聡いね。でもこの坂道には二度と戻ってこられないよ」

下げかけた頭を途中で止めた。語りも物語も、触れるのに何の障りもない。また気が向いたら語ればいいし、面白い題材を見つけたら書けばいい。

「あんた、忘れたのかい。どこにでも戦はある。寄席は講釈師や噺家、芸人たちの戦場だ。皆が必死で鎬を削っているのは、見てるだろ」

「それは……」

いつでも戻ってこられるのではないかと心のどこかで甘く考えていたことを、細い目に見透かされているような気がして春水は俯いた。

「ま、物を語る、書こうっていう坂道は果てしないけど、歩き方はいくらでもあるってことよ。下りる前に足を止めたっていいんだ」

畳の目をじっと見つめていた春水はぱっと顔を上げ、

「お暇をいただきとうございます」

と頼み込んだ。女主人は驚いたように目をみひらいた。

「私の話、聞いてたかい？」

「もちろんです。ここではない別の場所で道を歩きたい。そういう者たちを集めて、皆で坂を登ろうと考えています」

廊下でお文が盗み聞きしている気配があったが、春水の心は変わらなかった。

六

　春水はその足で御徒町（おかちまち）の小ぶりな旗本屋敷へと足を向けた。禄（ろく）二百俵ほどの商家に毛が生えた程度の屋敷ではあるが、それでも狭い寄席に長らく居候していた春水には随分な邸宅に見える。

　気おくれする心を奮い立たせて門を叩くと、屋敷の主人である柳亭種彦こと高屋彦（ひこ）四郎（しろう）が顔を出した。

「おや、珍しい客人が来たもんだ」

「突然すみません。ちょっと折入ってお話がありまして」

　種彦はちょっと警戒したような表情を浮かべた。

「……貸すような金はないよ？」

「借金の相談じゃござんせん」

「じゃあお入りなさいな」

　種彦は春水より七つ年上だ。加えて春水は町人で種彦は微禄とはいえ旗本身分でもある。

「あんたと私は文人同士だ。おおい、勝子。お客人に茶を淹れておくれ」

奥に声をかけて客間へと春水を招き入れる。

「ご内儀がいらっしゃったんですね」

「まあね。国学の加藤宇万伎先生の娘なんだ」

美濃大垣新田藩から幕府大番与力となり、賀茂真淵に師事して国学と和歌を修めた。春水ですら名を知っている当代の大学者の娘を妻としてるとは……。羨望が胸の奥底を再び焼く。

廊下に茶菓をおいて種彦の妻は去り、何用かなと彼は訊ねた。

「ほう……合作と」

春水は種彦の書いた読本『勢田橋竜女本地』、『綟手摺昔木偶』を絶賛した。

「いやあ、あれは京伝先生や馬琴さんには受けなくてね」

「俺と組めば京伝さんや馬琴さんがあっと驚くような名作が世に出せます。俺は人の才を見抜く力があるんです。幼い頃から何千という高座を聞き、本を読んできたんです。世に出ない書き手を集めて本を出したこともある」

熱心に語る春水を眺めていた種彦は、

「じゃあ為永さん、あなたは何を書きたいんだい。何のために書きたいんだい」

そう問うてきた。

「……そりゃあ受ける話ですよ」

「それだけ？」

種彦の黒い瞳（ひとみ）が探るようにじっと見つめている。語りにしても人情本にしても、客に受けてこそだ。それ以外の何があるというのだ。

「為永さん、私たちは無理に組む必要はないと思うよ。あなたにはあなたの道があるし、私にもある」

「でもそれは、同じく物語を編むという道ではありませんか」

「その道の行きつく先はそれぞれ違うと私は考えている」

時代一の書き手からはっきりと拒絶の意思が放たれていた。同じ方向を向いているようでも、合作はただでさえ気を遣う作業であることは経験者の春水にはわかっていた。物語の力点を置く場所は書き手の数だけある。

「私には私の力の及ぶ限り突き詰めたい物語があるんだよ」

春水は悄然（しょうぜん）として高屋家の屋敷を辞するほかなかった。

七

「おれはそなたにほれたげな。恋の心か、かしらがいたい」

筆を鼻の下とくちびるで挟み、滑稽な調子で口ずさんでいるうちにぽとりと筆が落ちた。長屋の狭い窓からは梅が可憐な蕾を膨らませている。


野に捨た笠に用あり水仙花、それならなくに水仙の、霜除ほどなる侘住居……


ふと思いついた一節を書きつけて、これが代書のための上等な紙であったことを思い出した。宛名まで書いて一刻ほど何も思いつかなかった紙に、落とした墨と思い付きの戯作の出だしが記されてある。

紙を丸めて放り投げると、部屋の隅から文車妖妃が飛びついて飲み込んだ。

「凡よ、反故紙を片付けてくれるのはいいが、突然出てくるなよ。びっくりするだろ。あと客がいる時はやめろよ。面倒ごとは嫌いなんだ」

紙を飲み込んだそれは、小さな大八車の持ち手に般若の面をつけ、四方に青白い小さな炎を伴った奇怪な車で、もちろん不気味ではあったが、何か悪さをするわけでもない。それどころか、売れない物語を書いては投げ捨てるちり紙を食って片付けてくれる。片付けると部屋の片隅で炎を揺らせてじっと次のちり紙ができるのを待っている。

「食うだけじゃなくて何か出せよ」

春水がそう言っても般若の面に開いた瞳には何の色も浮かばない。

「肝心な時に何も出ないのは俺と同じだな。俺もお前も凡だ」

新しい紙を文机の前に広げると、再び唸り始めた。

泰平を謳歌する都は文化文政の爛熟期に入っていた。日本の周囲には異国の船がちらりちらりとその帆柱を見せ始めてはいるが、万民の眠りを覚ますには至っていない。

書肆青林堂には軍記ものや人情もの、仇討物といった話の種類ごとに書物が分けられて平台に並べられている。店主は軍書の一冊を開き、渋い声で毛利勝永、大坂玉造で討死の段を語る。

客はおらず、店先を覗こうとした若い娘が唸っている春水を見て慌てて歩み去った。客を一人逃したことに気付いた春水は舌打ちをして軍記本を閉じる。

「下手な謡は客散らしだな」

「これはこれは本町庵さん」

店の奥に引っ込みかけた春水は慌てて居ずまいを正し、丁重に頭を下げる。本町庵こと式亭三馬は黄表紙から始まって仇討物、洒落本、遊女物と立て続けに当て、さらには商才を発揮して化粧水を大当たりさせて財を築いた。

「お文から頼まれた恋文、書けたかね」

気難しそうで実際に気難しいが、その瞳の奥にはいつも笑みが浮かんでいる。それが温かい笑みなのか冷笑なのかは目の前に座っている人間の才覚による。

（今日は機嫌が悪そうだな）

春水は内心うんざりしていた。

「粋な恋文はお前さんの得意とするところではないのかね」

「まあ、不得手ではござんせんけどね、恋心は人それぞれ色それぞれ。うまく心が伝わるようにこちらも心を尽くさねばならぬので」

三馬が煙管を取り出したので春水はすいと煙草盆を差し出した。礼も言わず火をつけ、大きく吸い込んで煙を吐き出した。

「そろそろ腰を据えたらどうかね」

「据えてますよ。このように書肆も開いて、日々懸命にやっております」

「そういう話をしてるんじゃない。お前さんの悪い癖だ」

「癖の悪い男でござんす」

式亭三馬は苦笑すると、また来るよと立ち上がった。それから夕刻まで客は誰もこず、そのまま一日は終わる。終われば一本燗をつけてまた文机の前に座る。

目を閉じるとこの恋文を頼んできた美しい人の横顔が浮かんでくる。

「お文……」

その名を呼ぶだけで陶然となる。居候先で養われていた物書き志望の娘。共に理想の物語を目指した仲間だ。糸里の許を離れて初めて己の想いに気付いた。

「春水さん、この話を書いた方ご存じですか」

一冊の読本を持ち、頬を紅潮させて訊ねてきた娘の肌の張りと瞳の潤いに一瞬呼吸を忘れた。時に店を訪れて、絵草紙や読本を買っていく娘を見て、己の気持ちを確かめずにはいられなかった。恋心を隠さない少女の輝きに、春水は悔しさを忘れて魅せられてしまった。

「も、もちろん」

「一度お会いしたいのです。何かを読んでこれほど胸が躍ったのは初めて。この物語を書いた方に何とか想いをお伝えしたいのです」

それは自分が初めて高座を見た時と同じ表情だった。昂奮と恍惚と感動と、そしてほんの少しの不満だ。もっと多く、さらに心動く物語を与えてくれ。その欲求が春水の場合は自ら語り、書くことへと向かった。だが彼女は作者である柳亭種彦その人に想いが向かっている。

「お文さん、実はですね……」

先だってその屋敷を訪れた際に、妻がいることを知っている。だが、娘のあまりにまぶしく輝く瞳と肌を見ていると言い出せなくなってしまった。

「柳亭種彦先生は世との繋がりを著したもののみと神仏に誓っておられまして」

「なんて素敵……。ではどうやっても私の想いをお伝えすることはできないでしょうか。世俗との繋がりを捨て、筆を執ることに専心されるのを妨げたくはありませんが……」

お文はそれまで恋文など書いたことがない、と言う。恋文は極めて個人的なものなのだから、自分で書いた方が良いのではないかと春水は言いかけた。

だが同時に、誰かと合作して世間でそこそこ受けるものが書けたように、恋文も合作をすればより良いものが書けるのではないか。何よりもお文と二人で何かができることが嬉しくなってしまった。

「分かりました。それではお文さんが書かれた手紙を柳亭さんにお渡しするようにしましょう。手紙のやり取りぐらいでしたらお手伝いいたします」

お文は手を打って喜んだ。その表情があまりにも可憐で美しく、春水の胸には喜びと嫉妬の炎が巻き起こる。

もちろん春水は、合作を断られ妻子持ちでもある柳亭種彦にお文の恋文を渡すことなど考えていなかった。若い娘は移り気だ。そのうちに興味も失せるだろう。それまでの間、この娘との繋がりを保てればいいと春水はそれぐらいに考えていた。

一通目のお文の恋文の封を開けるのはさすがに手が震えた。春水は誰かに恋文を書いたこともなければ、受け取ったこともない。岡場所の遊女から形ばかりの後朝の文をもらったことはあるが、春水とて書く事を生業としている男だ。それが本心からのものか銭のために仕方なく書いているものかぐらいの区別はつく。

その春水からしても、お文の恋文は熱烈にして純真、真っ直ぐで衒いの全くないものだった。文章の巧拙で言えば、まるで童子が書いたような拙さの極みなのであるが、ともかく柳亭種彦という書き手に対する敬意と愛情が溢れ出ている。

何度か柳亭種彦になりきってやり取りを続けているうちに、何故彼の物語が優れているのかをそれとなくお文に教えるようにしていった。

彼の周囲にキラ星のように集まる葛飾北斎や山東京伝、曲亭(きょくてい)馬琴のような偉大な才能たち。お文はその名を知るや作品にふれ、貪欲(どんよく)に己の中に取り込んでいった。

想いの強さと教養の高まりは、徐々に春水の手に余るようになってきた。その恋慕の強さはもはや「狂」の域に入っており、柳亭種彦の正体を突き止めた彼女が彼に会いたい、どうしても会いに行くと書きつけるに及んで、春水は背筋に寒いものを感じずにはおれなかった。

八

「拒むしかない……」

だが、春水は書けなかった。柳亭種彦には妻がいる。このあなたの受け取っているのは実は私がなりすまして書いたものだ。そう真実を告げるにはあまりにお文の想いは強く、そして切実なものとなっていた。

それとなく会えない旨を書いてみるが、もはや止めることはできない。春水はお文の文面からはもはや恋慕ではなく殺気を感じ取っていた。筆を握ったまま春水は呻(うめ)いた。呻いたままいつしか眠り込んでいたらしい。

車の音がする。

軋んだ車軸が道に迷うように右往左往している。先に光り輝く文芸の楽土があるのに、そこへ至る道は曲折して錯綜している。誰かの手を借りても、誰かを蹴落としてもそこにたどり着きたい。

お前の話は響かない。

響かないとはなんだ。これほど心血を注いでいるのに。一人の心血で足りないのなら、何人分でも注いでやる。

「何を語る？　何のために語る？」

うるせえ、受ければいい。売れればいいんだ。

無表情な面をつけた車の車軸は血脂に濡れ、そのぬめりを助けとして進んでいく。だがやがて血は乾き、脂は固まって車は動きを止める。車を懸命に押す春水は苛立って車を蹴りつける。

だが気付けば蹴りつけられているのは春水自身だった。寄席の客、芸人たち、書肆のうるさ型が彼の語りを、作品を貶める。車が自分を押しつぶそうと迫ってくる。車の先についている面がお文のそれへと変化し、恐怖に叫んだところで目が醒めた。

闇の中からかちんと剣の鳴る音がした。

「真を得たり」

春水が戸外に飛び出た時には、暗がりの中でひるがえる華やかな袖の一端が見えたのみだった。


手紙のやり取りは十日に一度、春水の書肆青林堂で行うことになっていた。だがいつも午(うま)の刻あたりには顔を出すのにこの日は未(ひつじ)の四刻を過ぎてもお文は姿を現さない。胸騒ぎを感じた春水は店を閉め、御徒町へと急ぐ。

冷や汗がわきの下を濡らしている。

「早まっちゃだめだ」

春水の懐にはお文から預かった最後の手紙がある。その文面、文体、流れ、思慕、悲哀、憎悪、全てが奔流となって柳亭種彦へと向かっていた。ただの文字の羅列が言葉となって意味を持ち、文となって流れを持ち、物語となって言葉以上の力を持つ。

それがわかっていながら娘の書く恋文に勝るものすら書けない。

春水の絶望が足取りを重くする。だが、お文の激情が彼女と優れた才を持つ書き手の人生を潰(つぶ)すことになっては、と懸命に駆けた。

屋敷の門は閉じている。それを見上げる娘の横顔は透き通るように美しく、危うかった。春水はお文にそっと声をかける。

「ここが柳亭さま……高屋彦四郎さまのお屋敷でございますね」

娘は春水を見ぬまま言った。

「そうです」

春水は刺激しないよう、ゆっくりと距離を縮めながら頷く。

「お文さん、私はあなたに謝らなければならないことがあります」

自分が柳亭種彦のように装って手紙のやり取りを続けたこと。種彦には妻がおり、お文とは恋仲になれぬことなどあらいざらいぶちまけた。怒りの矛先が自分に向けばそれでいい、と必死になっていた。

「では、私がお渡しした最後の手紙も為永さんが？」

春水は懐から恋文を取り出すが、それはもういらないと言う。

「だって、柳亭さまはここにいるのだもの」

そしてほとほとと門を叩く。どれほどの想いでここまで来たのか、それはどの高座から聴くものよりも胸を打つ喜びと恨みが籠められていた。この「語り」は危険だ。

春水はお文を組み伏せてでも連れて帰ろうとした。だが、お文が肩をひと揺すりすると春水は道の反対側まで吹き飛ばされてしまう。

「お文さん……」

「お前の言葉など何も響かない」

そこには恋慕に憑かれた怪異がいた。これを作ってしまったのは自分だという悔悟と不思議な喜びが湧き上がってくる。人の心を意のままに操り、笑わせ泣かせるのが物書きの愉楽だ。だが、操られて常軌を逸した心はどうなるのか。書き手が悪いのか、勝手に心を狂わせた受け手の責か……。

お文がやがて車へと姿を変える。それは春水が日頃見ていた般若面をつけた車の怪異だった。

車は激しく高屋家の門に当たるたびに屋敷が揺れる。だが何度目かの激突の前に、その動きがぴたりと止まった。門の前には春水も見覚えのある男が立っている。

車の突進を避け続ける薬売りには言葉が届かない。いつも本当に言葉を届けたい相手には届かない。そのもどかしさが怒りとなり恨みとなり、それを晴らすために書き続けていた。愚かな聴衆のために語り続けた。

それでも届かない。春水の中に怒りが巻き起こる。自分も車のような突進でわからぬ者たちの心を弾き飛ばしたい。言葉を操る者が抱いてはならない短慮だとしても、俺はこれまで懸命に努めてきたじゃないか。

春水ははっと気付いた。

あの妖の車は書けぬ春水のもどかしさを喰らっていた。才なき身を恨み才ある者を嫉む。あの恋文は少女だけではなく、春水自身の柳亭種彦の才への恋文だった。

「理、見えたり」

薬売りが握る短剣の柄がかちんと歯を嚙み鳴らした。その衣が肌を覆う紋様となり、大剣を持つ剣士へと変貌するさまを春水はうっとりと見つめていた。だがその剣がお文の変化した妖の車を斬るためのものと気付いた時、春水は叫んでいた。

薬売りの剣が車を両断し、春水は膝をついて顔を覆っていた。

顔を上げたその時、薬売りがじっと春水を見ていることに気付いた。

「語り続け、書き続けて欲しい」

「お前に何がわかる」

「私も……長く……続けてきた。これからも……続けるだろう」

「何故続ける」

「それをせずにはいられないからだ」

せずにはいられない……。

祖父に連れていかれた寄席で、高座から降り注ぐ物語の光を浴びた。その光の源を目指し、ここまで歩んできたのではなかったか。

「お文さん、あなたの恋文は……」

モノノ怪が春水に狙いを定めた。そのまっすぐな想いに誰よりも心を動かされた。

彼は突進してくる車を全身で受け止めた。懐に入った恋文が空を舞う。その視界の隅で、高屋家の門が開くのが見えた。

柳亭種彦とその妻が他所行きの服装で連れだってどこかに出かけるようだ。種彦が春水を見て照れくさげに軽く手を挙げて挨拶する。内儀もつつましく頭を下げ、頬を赤らめて視線を逸らせた。

春水の腕の中で娘が嗚咽している。モノノ怪から解放され、ただ破れた恋心に悶えるお文がそこにいた。その背を撫でながら、この心の動きは物語になると考える春水の気配には、物を語る者にふさわしい妖気が漲っていた。

第五話　饕餮

山中甚次郎（やまなかじんじろう）

かつて藩の三老の一人であったが、戦場での功績があったにもかかわらず、零落。家柄への執着が強く、怪異が出没するという古戦場で亡くなった父祖の痕跡を探し集めている。ある夜更け、古戦場に獣臭が漂うとそこに巣くう怪物が現れて、父祖の戦いの記憶を見せつけられ……。庚申待の折、若衆たちで古戦場の妖異を退治しようという話になったところで、薬売りが現れる。

相良惣右衛門（さがらそうえもん）

九州の月ヶ瀬藩の家老格の家柄。若衆の中では年長。

坪倉与兵衛（つぼくらよへえ）

若衆宿の中で目付どのとして外から見守る。隠居した老人がその責を担うのだが、ここ数年目付どのを引き受けているのが坪倉与兵衛という老人。

饕餮

饕餮、獣の名、身は牛のごとし、人面、目は腋下にあり、人を喰らう。
（中国の古代神話を編纂した古書『神異経』）

一

戦乱の世であろうと泰平の世であろうと、若者の血は熱く、また多い。その血の滾りの行き場を求めて彼らは己の強さを鼓舞し、人に先んじようと懸命になる。酒盛りがあり、口論と取っ組み合いの喧嘩があり、家柄と力と長幼によって序列ができていく。小さな見栄をぶつけ合っている同輩たちを横目に、山中甚次郎は部屋の隅で痩せた膝を抱えて座っていた。

九州のとある小藩。そこには若衆だけが集まってその心身を鍛錬する、若衆宿という風習があった。

「俺が沖田畷で戦ったならば」

一人の若者が声を張り上げる。

肩と胸の筋肉が盛り上がり、日頃の鍛錬が見て取れる。戦場に出ても良い働きをするだろう。だが、実際に出てみなければどうなるかわからない。

「島津（しまづ）といえども俺の槍（やり）の前では一切無力よ」

実際、この若者、相良惣右衛門（さがらそうえもん）とは木剣であれ組討であれ、勝る者はいなかった。

若衆の中では年長で、しかも家老格の家柄から出ている。若衆宿は無礼講の建前があったが、実際に彼に意見できる者は少なかった。

「やい甚次郎」

不意にその男が声をかけて来た。

「お前ならどう戦う」

「どう、と言われても」

甚次郎とその男は年が同じだった。かつては家格も同じだったが、甚次郎の家は戦乱の世で多くの有為な人材を失い、間もなく落魄（らくはく）した。

「山中家は我が藩でも多くの勇者を輩出した。甚次郎もその血を引継いでいるのだろう？　その軍略を聞かせてもらいたい」

若衆宿では甚次郎も年長の方だが、自分から前に出て何かを言ったりすることはない。言動の激しさと腕っぷしの強さが尊敬の物差しとなる若衆宿では良いことではないが、甚次郎は気にしたことはない。

「軍略など存ぜぬ」

　甚次郎は冷ややかに言い返す。

「武人が軍略を知らぬとは何事か」

「もはや戦場はない」

「戦場がないなら軍略を学ばなくても良いとは、まさに士道不覚悟ではないか」

「他人の士道の心配するのが士道なのか」

　何を、と惣右衛門は気色ばんだ。

「つまらん」

　甚次郎は席を立って若衆宿を出る。若衆は庚申（こうしん）の夜、こうして集まって武談に没頭する。かつては戦場往来の古強者（ふるつわもの）を招いて戦場の話を聞くことも多かった。だが、彼らの多くは老いて語る言葉を忘れ、若衆宿には若者だけが集まるようになって久しい。

　甚次郎が若衆宿へ入る路地の入口まで来ると、

「若衆宿はつまらんですかな」

　と声がかかった。

「与兵衛（よへえ）か、家に帰ったりはしないよ」

「あなたがそんな懈怠者（けたいもの）だとは思っておりません。あのお父上の子だ」

辻にある庚申塚に一人の老人が座り、旅商人らしき若い男から何か買っている。旅商人にしては傾いた、あでやかさすら感じる華やかな衣を身に着けている。

若衆宿は全てを若衆で賄う。だが一人だけ「目付どの」として大人が外から見守ることになっている。その責は大方隠居した老人が担っているのだが、ここ数年目付どのを引き受けているのは坪倉与兵衛という老人だった。

若衆宿は若い男たちの熱気がぶつかり合う場所で、そこに耐えきれない者が逃げ出すこともあった。

それは逃げ出した者にとって已むに已まれぬことかもしれないが、若衆の集いを逃げ出したとなれば彼自身だけでなく、家の者全てが後ろ指をさされることになりかねない。だから「目付どの」が双方を諭して若衆宿を平穏に営ませるのだ。

「今の男は？」

「薬売りですよ。この年になると何もせずとも古傷が悪さをする」

「別に帰ってもいいのだ」

甚次郎は庚申塚の土台に腰かけた。

「庚申の夜に三戸が天に上るというのは真だろうか」

人の体内に住んでいると説く三匹の虫。絶えず人の行動を監視していて、庚申の夜には、睡眠中の人の体から抜け出てその人の罪過の一々を天帝に告げるという。

「さあどうでしょう。もし人の寿命が決まっているなら、そんな虫の出入りを見張っていようといまいと、いずれ死にます」

「俺は懈怠者だ」

「拗ねたことを申されるな」

与兵衛は宥めるように言った。けたいもの、というのはこのあたりでは男子に向けられる最大の罵倒だ。武人としてすべきことをしない、敵を前にして怯える、味方の戦意を萎えさせるような言動をとる者に対して向けられる。

「俺は懈怠者でかまわないが、若衆宿で噴き上がっている連中がそうでないかどうか、戦場に出てみなければわからない」

「そうですとも。だが、戦の心に想いを馳せて逸ることは決して悪いことではない」

「これから大きな戦は起きないと皆が慢心している。だから頭の中で起きもしない戦に昂って、己は皆朱の槍に資すると見栄を張っている」

「戦場は男たちの見栄がぶつかり合う場所でもある。あなたのお父上をはじめ……」

「やめてくれ」

甚次郎は語気を強めた。老兵はため息を一つつき、最近奇妙な噂が城中ではやっているのを知っているかと問うた。

「沖田畷ほどではないが、浦田川に古戦場がありました」

「……知らないはずがない」

今は月ヶ瀬藩となっている九州の小さな国人領主、千林家がこの家を守ることになった決定的な戦が、当時周囲を席巻していた島津家との間で起こった。周囲の家々が従うことを決め、戦うことはほぼ滅亡を意味していた。

千林能登守は中央の豊臣秀吉に救援を頼み、島津侵攻に対して断固として抗戦に出た。その決意の報酬はこの小さな盆地を守り切り、天下に月ヶ瀬に勇者があることを示したことだが、代償も大きかった。

名のある家の男たちの半ばは命を落とし、長い防御戦の中で女子供たちの多くは心と体に傷を負った。甚次郎の山中家も、そして与兵衛の坪倉家もその例に漏れなかった。その決戦の場となった河原は、ある意味聖地のような扱いを受けていた。

「そこに怪異が出ます」

「怪異？」

「全てを喰らい、無へと帰してしまう。肉体も心もその姿を見た者は腹の中へと沈められる。わしはそれを『饕餮』と呼んでいます」

「初めて聞く怪異だが、古戦場に妖の類はつきものだろう」

「無念と怨念が渦巻く地、ですからな」

かちん、と刃が鳴る。甚次郎と与兵衛は、はっとなって顔を上げると、短剣を顔の前に掲げた男が立っている。

「形を得たり」

それだけ言うと、蝶の羽のように華やかな衣を翻して消えた。

しかし、甚次郎は古戦場に出る幽霊など信じていなかった。もし戦死した人が持つ無念や怨念がその人の形となって残っているならば、むしろ会ってみたかった。

戦乱の世の中で数えきれぬ人が死んだ。それは月ヶ瀬藩のある九州であろうと本州や四国であろうと、海の外にあるという広大な大地の上でも無数の人が戦いの中で倒れただろう。

倒れた者たちの中で、果たして納得の上で彼岸の川を渡ったものがどれぐらいいるというのか。彼らがみな地上を彷徨っているとすれば、それはおぞましい光景になるに違いない。だが、戦乱の世が終わってからまだ十数年ほどしか経っていないのに世間の様子はどうだ。かつて軍馬が行き交った街道をゆくのは商人や巡礼で、彼らが穏やかな顔をして街から街へと歩みを進めている。彼らが怨霊を見たという話はほとんど聞かない。

饕餮とかいう怪異がその無念を喰っているというのも信じ難いことだ。

庚申塚でひとしきり老人と話した後、甚次郎は再び若衆宿へ戻った。誰が酒を持ち込んでいたのか、皆真っ赤な顔をして声高に互いの自慢話を続け、時には殴り合いの喧嘩をしている。夜空を見上げながら高歌放吟している輩もいる。

若者たちの多くはわめき疲れ、虚勢を張るのに疲れると、板の間の上で雑魚寝を始めた。ちゃんとした部屋と布団を与えられるのは若衆頭ただ一人だけだ。

そこには惣右衛門が肘枕でこちらに背中を向けて寝ていた。もう寝ているのなら絡まれることもないだろうと、部屋の隅で刀を抱いて浅い眠りに落ちた。

二

若衆の多くは元服していても家督を継ぐ前の少年たちだ。だが、甚次郎は山中家の当主である。家は一度落魄したとはいえ、父祖の功によって再び取り立てられたという形になっている。

庚申待から数日経って、屋敷の庭にもうけた畑を耕している際に、甚次郎は登城するよう命を受けた。戦乱の世、家中でも混乱があって論功の儀が不十分であるから、藩主じきじきに吟味しなおす、とのことだった。

甚次郎は鍬(くわ)を持ったまま、じっとその書状を見つめていた。そして庭の一隅にある粗末な供養塔の一群に膝(ひざ)をつく。供養塔といっても、まだ幼かった甚次郎が戦場の河原で集めてきた石を積んで何とか宝篋印塔(ほうきょういんとう)らしく仕立てたものだ。

中でも大きな二つは祖父と父。その傍らに祖母と母。周囲には彼らに従って激戦の中命を落とした叔父(おじ)たちをはじめ郎党たちのものもある。幼い頃は知らなかったが、長ずるにつれて父たちと共に命を落とした勇士の名を知るたびに新たに供養塔を作っている。

本当は立派な寺院で弔ってあげたいと願っているが、甚次郎の物心がついた時には、彼に残されたのは荒れ果てた屋敷と耕す民もいないわずかな田地だった。

戦場の功はいかに敵を討ったか、味方を救ったかによって評される。だが、その功は誰かが証(あかし)を立てねばならない。そのために首実検があり、味方の誰かに某人の功は確かなりと言葉にしてもらわなければならない。

山中家の一統は主君千林能登守の本陣前方にいた。家老格でありながら武勇家中一の誉れのあった一隊は、敵の圧力を真正面から受ける場所にいても誰一人恐れる者はいなかったという。

都が南北に争っている頃にこの盆地に根を下ろした千林家は、「三老」と呼ばれる重臣たちが支え、数百年に及ぶ大小の戦を乗り越えて「一所」に命を懸けて守ってきたのだ。その甚次郎の山中家はその三老の一つである。

甚次郎は父の供養塔の下から厳重に封印された小さな木箱を取り出した。この中にはかつてこの地に父祖が根を下ろした際に、主従が交わした誓いの書が収められている。だがそこで彼は異変に気付いた。

「鍵が……」

よく見ると供養塔の周囲を掘り返した跡がある。乱戦の中で討死した山中家の武者たちは、鎧のほつれ糸すら残さず戦場の塵と消えた。戦場の跡は人の姿をした禿鷹や烏たちがめぼしいものを持ち去っていく。

それでも甚次郎はここで戦った父たちの痕跡を求めてさまよい、折れた刃や甲冑の欠片を集めては供養塔の下に埋めて手を合わせていた。

「それすらも盗んだのか」

甚次郎は怒りに体が震えた。しかし、登城の命令は絶対だ。甚次郎は正装に身を包んで城に向かう。泰平の世になって士分は城下に住むよう命じられた。本来の家格であれば、山中家は天守直下の一等地を許されるはずであった。だが、いま与えられているのは町家からも遠い城下の外れだ。

粗末な門扉を開いて外に出ると、四方を囲む山々から吹き降ろす風が冬の気配を帯び始めている。庚申も今年はあと一回を残すのみとなった。若衆としての務めもこれが最後で、後は千林家中の一員として勘定方指揮下の吏僚として働くことになっていた。

小藩だけに、月ヶ瀬藩の城は天守というのも憚られるほどつつましいものだ。元は盆地の南縁に沿って粗末だが堅牢な山城が築かれていた。その城が数万の島津の軍勢を受け止めて数十日耐え抜き、最後は河原の決戦で山中家の一隊が大軍を引き付けている間に主力がその背後を衝くという大勝負に出た。

その犠牲の上にこのつつましい天守は成り立っている。そのことをこの藩の者たちは、少なくともあの戦を記憶している者ならば忘れていないはずだ。

甚次郎は肩を一度大きく上下させ、気の逸りを抑える。藩主お目見えの資格を持つ全ての士分が広間に集まる。「今の」家格に従って席次は決まっており、甚次郎は広間の畳ではなく板の間に座ることになっていた。

その肩に何かがぶつかって顔を上げると、相良惣右衛門が蔑(さげす)んだような笑みを一つこちらに向けて広間の奥へと歩いていき、主君の座る上段の間のごく近くに腰を下ろした。筆頭家老である惣右衛門の父の随員という形で登城したようだ。

やがて小姓が姿を現し、藩主の到来を告げる。皆が一斉に平伏し、主君、千林能登守の声で頭を上げる。

「ここに集まってもらったのは他でもない」

主君はゆっくりと口を開いた。まだ若く、甚次郎たちと年はほとんど変わらない。昨年、先代が世を去って藩主の座を継いだ。

「我が家が月ヶ瀬の地に至ることはや数百年、ここに集まる者の多くは累代仕えてくれたものだ。家の一大事は何度もあった。我が父の代まで数え切れぬ危機を乗り越えてきた。今一度、礼を言わせてもらいたい」

家臣たちの間に感服の気配が流れ、自然と皆頭(こうべ)を垂れていた。

「その上で、皆に告げねばならぬことがある」

主君の口から告げられたのは、国替であった。しかもその行く先は奥州であるという。

これには皆がどよめいた。泰平の世に入る前から国替は珍しいことではない。何十万石という大大名ですら、天下人のひと声には逆らえない。

ただ、自分たちは違う。月ヶ瀬藩の者たちはどこかでそう考えていた。数百年にわたり肥前の小盆地を守り抜いてきた。他の土地は知らないし知りたいとも思わない。幸いなことに天下の趨勢を見誤らずに済み、どれほど多くの犠牲を払っても最後には平穏を勝ち得てきた。

「我らに何の咎があって……」

家中の誰かがたまらず声を上げた。

「咎などない。少なくともわしはそう思っている。だが、天下の政は我らの思慮の外にある。是非もないことだ」

さらに皆の心を落ち込ませるような事を藩主が口にした。国替をしても石高は変わらないが、その領土のほとんどは何百年も千林家中が切り拓いて育ててきた土とは比べ物にならぬほど痩せており、その気候は九州の温暖で水に困らぬ地とは別世界のように厳しいものである、と。

「皆のこれまでの奉公には心よりの礼を惜しむものではないが、その奉公に報いるだけのものを新たな地で与えられるとは思えぬ。皆は忠義を口にして従うことを願うだろうが、それはむしろ茨の道であると心得てもらいたい。藩主として藩士に対し十分に報いることができなければ乱を呼ぶ」

　都が何よりも嫌うのはその乱だった。

「先年の天草と島原のことを見ただろう。乱を起こしたのは切支丹や浪人どもであったが、その原因を作ったとして、彼の地を治めていた者たちも容赦なく粛清された。そのことは忘れてはならない」

　家臣たちはしばらく互いに顔を見合わせていたが、

「誰を連れていかれるおつもりですか」

　と恐る恐る訊ねた。

「新たな地では大変な苦難が待ち構えているだろう。ここにいる皆それぞれがひとかどの者だとしても、これまで我が父祖たちが乗り越えてきた戦を生き延びるだけの覚悟と犠牲を考えねばならぬ。つまり、家の戦功を第一に考えたい」

　藩主の言葉を聞いて甚次郎の胸が躍った。

　戦場での功績であれば、山中家に勝るものはない。やがて小姓が一人進み出て、国替と共に奥州へ旅立つ者の名を読み上げはじめた。

　当然筆頭家老の惣右衛門の家は一番に呼ばれた。だが、物頭に至るまで名前を呼ばれた後も山中甚次郎の名を小姓が発することはなかった。

名を呼ばれた者は誇らしげでもあり不安そうでもあった。

では、名を呼ばれなかった者はどうか。みな一様に怒りと寂しさと不名誉に身を震わせていた。それでも日々は続いていく。奥州へと向かうのは来年の春と決まっていた。雪が溶けないと動けないからである。それまでは国元の政に励むようにと都から命じられていると説明があった。

甚次郎は立ち上がった。何故山中家が呼ばれないのか。三老の一つであったことは譜代の家臣なら誰もが知っているはずだ。先の決戦でももっとも多くの命を落とした家の当主を呼ばずして新天地でやっていけるのか。

だが、一座の視線を一身に受けた途端、彼は口が利けなくなってしまった。

「甚次郎、控(こら)えよ」

笑いを堪えながら惣右衛門にたしなめられて、無言のまま腰を下ろすことしかできなかった。家臣一同が去ってもただ一人、甚次郎は動けなかった。父祖の無念を晴らすどころか家名に泥を塗ったような気分だった。

三

月ヶ瀬藩が国替をする前の最後の庚申待の日が近づいていた。若衆たちの間にも微妙な空気が流れていた。国替を命じられた者たちはどこか誇らしげで、そうでない者たちは落胆が隠せない。

そんな中、城下では奇怪な噂が流れていた。河原の古戦場の怪異が街道にまで顔を出し、往来する旅人たちに危害を加えているという。領内を通る街道を管理するのは藩の責任でもある。

国替の前に不吉だ、と言い交わす者も多かったが甚次郎にとってはどうでもよかった。彼は怪異が出るという古戦場に毎夜出向き、父たちの戦いの欠片(かけら)を探し続けた。

「恨めしいことよな」

地面にはいつくばって灯明のわずかな光の下で戦の痕跡を探す。その背後には何者かの気配がするが気にもならない。ただ、新たに父たちが戦った痕跡を見つけられればそれで満足だ。

「そのあたりで止めておくといい」

　これまで奇妙な気配を感じることはあったが、人語を聞いたのは初めてだった。さすがに驚いて顔を上げると、数間先に何者かが座っている。髪を白布で覆い、顔には隈取のような化粧が施されている。

「……お主、前に若衆宿前で見かけたな」

「私は旅の薬売り」

「このような夜更けの寂しい河原で病人がいるとも思えぬ」

「目の前にいる」

「病んでなどいない。正気も失っていない。そちらこそこのような夜更けに人気のない河原でたたずむなど、おかしくなっているのではないか」

　甚次郎が問うても答えない。よく見るとわずかな光に照らされて大きな行李が置いてあり、どうやら旅の商人のようだと見当をつけた。

「強すぎる執着はやがて饕餮の餌となる」

「とうてつ？　ああ、与兵衛が言っていた古戦場の怪異か」

「獣を喰らい、財貨を喰らい、そして魂を喰らう。神も手出しのできぬ強さの源はその貪婪にあり。己の四肢をも喰らい、頭一つとなっても貪り続ける」

　はっ、と甚次郎は嗤った。

「財貨を喰らい魂を喰らう？　俺には何も残っていない。喰らうなら勝手に喰らうがいい」

「それを望んでいるのか」

見も知らぬ人間に何を言っているのかと腹を立てたが、先ほどの場所にその薬売りの姿はなかった。代わりに濃い獣臭が漂ってきた。獣臭は鉄錆びのような臭気も伴っている。臭気の源へとそっと近づいていく。気づかれないように明かりを消すと、薄曇りの夜空が微かな光を放っている。

人型の獣のような息遣いと、何かを貪っているような湿った咀嚼音がする。先ほどの薬売りが襲われているのではと太刀の柄に手を掛けて近づいていく。近づいていくにつれて巨大な牛に似た怪物の頭が見えたかと思うと、ふいに音が変わった。

金属がぶつかり合い、馬のいななきも聞こえてくる。

「まだ待て！」

その声に甚次郎ははっと顔を上げる。幼き日の記憶にわずかに残っている父の声だ。古戦場に漂う父の無念をようやく見つけた。甚次郎は怪異への恐怖も忘れて父の声のする方に駆けようとする。

だが誰かがその手を摑んだ。

「何故止める」

薬売りの視線をたどると、そこには戦場が広がっていた。父たちが陣を敷いているのはまさに河原の古戦場。流れを背後にして本陣を守る決死の陣形だ。朝霧でけぶる先には万を超える敵が突撃の号令を待っている。

「俺は……」

ここに加わりたかった。せめて元服していれば。まだ襁褓もとれぬ赤子でなければ、短刀の一つも持って陣の端に加わりたかった。この時、戦には母も祖母も加わっていた。女人とはいえ並の男に負けぬ弓と長刀の腕であったという。

敵陣から腹に響く鼓の音が聞こえてきた。ざあ、と波が浜を洗うような音と共に黒い塊が動いてくる。林のように見えていたそれは敵の大軍勢の掲げる旗指物と長槍であった。

これほどまでに寡兵だったのか、と甚次郎は戦場の光景に圧倒されていた。島津は山城での攻防戦でかなり兵数を減らしたと聞いていたが、見る限り無傷に見える。

それに比して山中家をはじめとする千林軍は数も少なく、武備も明らかに粗末だった。それでも、その顔を恐怖でひきつらせている者など一人もいない。若衆宿で聞く適当な武辺話は皆目を血走らせ、怒号を放って戦い合うが、実際の戦場はこれほどまでに静かなのか。

喜怒哀楽一切の感情を静かな戦意で覆い隠し、敵味方の姿が明らかになる距離にまで近づく。その時、甚次郎の父はさっと金扇を天にかざした。

それが静けさを破る合図だった。

数十の砲煙を大軍勢の地響きがかき消していく。天にかざした扇はまだ朝日を受けて輝いている。敵の先鋒(せんぽう)の顔まではっきりわかるほどに近づいたところで、初めてその金扇を振り下ろした。

それを合図に山中勢は一団となって丸十字の旗へと突進していく。真正面からその衝撃を受けた島津勢は支えきれず退くが、それこそが島津のお家芸である「釣り野(の)伏(ぶせ)」の罠(わな)である。

乱戦でその罠を見破るのは難しいが、山中勢は寡兵であることを生かし、巧みに押し引きしてその罠に嵌(はま)らない。だが戦場で寡兵であることは敗北と紙一重だ。一人減ることが大きな痛手となる。

圧倒的な差がありながら本陣を守り切った山中勢は一人、また一人と乱戦の中で命を散らしていき、やがて島津の旗印が奔流となって千林の旗印を押し倒す。

その時、戦場が闇に包まれた。乱戦に疲れた兵たちの見上げた先に、山を圧するような牛とも山羊とも（やぎ）つかぬ禍々（まがまが）しい獣の頭が浮かんでいる。

怪異は戦場にいる者たちの生死を問わず喰らって回り、やがて戦場の河原は静けさを取り戻していく。戦場のすべてを双頭の怪物が食い尽くしていく。勝利も敗北も、歓喜も無念も、喜びも恨みも、全てを食い尽くして河原は古戦場の静けさを取り戻していく。

静けさの中に一人の男が立っている。戦場には似つかわしくない。荒野に咲く彼岸花の華やかさで薬売りがいる。男は甚次郎を見つめている。うるさい。俺に関わるな、と目を背ける。

それからというもの、甚次郎は毎夜のようにその光景を見に河原を訪れた。何度見に来ても山中家の手勢は全滅し、父も母も祖父も祖母も、かつて家を支えてくれていた若者たちもすべて鉛弾と刃の下に命を落とした。

これを知りながらなぜ主君はその功績を認めないのだ。それでも、日々父たちの奮戦を見るのは心が躍った。これまで話に聞くのみであったその武勇を目にすることができるのだ。悲惨な最後で終わろうとも、力戦したことは変わらない。

この古戦場に巣くう怪物を見ていると、甚次郎に日々戦場の記憶を見せてはそれを再び食い、反芻（はんすう）しているのだとわかった。あの薬売りは何でも食う「饕餮」だ、などと言っていたが食ったものを戻してはまた同じ味を楽しむのであれば怪異というよりはただの牛や羊の類と同じだ。

むしろ、甚次郎に望む光景を見せてくれるその怪異を甚次郎は愛おしく思うようになっていた。

四

国替を前にして、若衆宿もこれまでのようにはいかなかった。だが、

「たとえ奥州とこの地に分かたれても、我らは千林家中の誇りを忘れてはならぬ」

惣右衛門はそう気炎を上げている。

「武勇をもって月ヶ瀬の地を数百年治めてきた我らは、今こそその豪胆を互いの魂魄に刻み込まねばならん。危急のことあらば、万里の山河を越えて助け合おうではないか」

若者の半ばは威勢よく応じ、半ばは白けた顔で見ていた。

「今日は最後の庚申待だ。行く者と残る者、それぞれの絆を確かめる夜にしたい」

それに若衆たちは顔を見合わせた。

「河原の古戦場に怪異が出るとの噂が出てはや一年になる。新たに月ヶ瀬に入る者たちに侮られないためにも、千林家中の勇猛を見せつけておかねばならん」

「行く者残る者双方を代表するといっても、誰が行くのだ」

若衆の一人が問うた。

「皆も知っている通り、かつて三老として月ヶ瀬に来たのは俺の相良家と山中家、そして土田家だった。土田家は早くに絶えたのは皆も知っているだろう。俺は殿に従って奥州へと発つが、山中家の当主は残る。ちょうど良くはないか？」

いつも通り部屋の隅で片膝を立て、さして聞いてもいなかった甚次郎は首を振って拒んだ。

「最後まで懈怠者だな」

「そんなつまらぬことをしている暇があるなら、国替の手伝いをしてこい」

「山中家のご当主はこの通り怪異に怯えておる。誰か俺と化け物退治に出る勇者はおらんか。必ずや殿に言上し、その武勇を称えていただこう」

こうなると手を挙げないことが恥となる。若衆宿は騒然となった。古戦場は月ヶ瀬の人々にとっては聖なる地だ。大敵を退け、若者たちが庚申の日に騒ぐことができるのも、そこで島津の大軍をなんとか退けたからだ。

古戦場に漂う妖異たちは、若衆たちにとっては古い世代の残骸のようなものだった。

刀を腰に差してさあ妖怪退治だと意気込んでいると、若衆宿の扉が荒々しく開いて男が入り込んできた。

「あそこは遊びに行くところではない」

甚次郎は薬売りが若衆宿に現れたことに驚いた。

「死と共に生まれ出る怨みを喰う怪異、お前たちにその真と理を見極めることはできぬ」

惣右衛門は薬売りを見てニヤリと笑った。

「あんたはこの老いぼれに薬を売ってやっているそうだな」

「いかにも」

「この老人は仲間たちの多くが討死したというのに、一人五体満足で生き残った。それは何故でしょうな」

老人はぐっと歯を食いしばった。

「生き残った者が失われた命を愚弄するようなことは許してはならぬ。ふざけた気持ちで河原に行くな」

若衆たちは与兵衛の言葉を無視して河原へと駆けようとする。その前に老人は立ちふさがった。

「与兵衛よ、あんたたち老人だけが戦えるわけではない。これからは俺ら若衆が家を継ぎ、殿を支えていく。古戦場の怪異を倒し、殿を支えていく決意の証を立てて何が悪い」

「その志は他のやり方で表せ」

「ではあなたが戦場を用意してくれるのか？　我ら若衆が武名を上げる場所を作ってくれるというのか？」

惣右衛門は傲岸な口調で問う。

「戦場は見栄を張る場所ではない。遊びに行くところでもない。そのような心持ちではたとえ獣相手でも命を落とすことになる」

「勝敗は兵家の常よ」

「軽々しく口にしてよい言葉ではない。しかしそこまで言うなら行くがいい。あの古戦場には戦いの中に命を燃やした者たちの心が残っている。想いが残っている。それに取り込まれて修羅の道に落ちてはならん。そうなれば最後、お前たちは饕餮の餌となろう」

「修羅の道、上等だよ」

惣右衛門や若衆たちが与兵衛と甚次郎に蔑みの言葉や視線を向けて出て行く。与兵衛はじっと若者たちの背中を見つめていた。

「甚次郎さまは行かなくてよいのですか」

老人に問われ、彼はしばらく答えることができなかった。

「あの古戦場は軽々に荒らして良いものではない。あそこで命を落とした人たちが安心して眠れる場所であってほしい」

だがその一方で、生を楽しんでいる者たちにこそ父母や郎党たちの戦いぶりを知ってほしかった。

「あの河原にいる妖異はそれを見せてくれる力を持っている。あれを守らなければならない……」

話しているうちに古戦場の幻影が脳裏によみがえってきた。戦いの記憶が呼んでいる。後れをとってはならぬと急き立てる。

「甚次郎さま、なりません」

甚次郎は目眩を感じながらも与兵衛を押しのけ若者たちの後を追った。

五

城下から古戦場の河原までは五里ほどの距離にある。夜霧がかかって道が見えづらいが、河原に近づくに従って喧騒(けんそう)が耳に届いてくる。

気付くと誰かが隣を走っている。与兵衛かと思ったが、それは薬売りだった。言葉はない。だが不思議な心強さがあった。

ここ毎夜、古戦場の怪異に見せられてきた光景を惣右衛門たちも見ているのかと思うと、嬉(うれ)しくも悔しかった。あれを見れば山中家の面々がどれほど勇壮に戦ったかを知るはずだ。だが、かつての戦場を若者に見せてくれる怪異を討ち取るのはまた別の話だ。

「守ってやらねば」

いつしか彼は太刀を抜いていた。剣戟(けんげき)が響き銃声がする。勇ましい鬨(とき)の声と断末魔の叫びが交錯する中に躍り込んで太刀を振るう。鋼がぶつかり合い、血走った眼と食いしばった歯が面頰の間から見える。血と汗と糞尿(ふんにょう)の臭気が風に乗ってまとわりついてくる。

これこそが戦場だ。

若衆宿で妄想を滾らせた戦場とは訳が違うのだ。いつしか甲冑は傷だらけとなり、刃はこぼれて櫛のようになる。それでも涎と鼻水を垂らしながら甚次郎は戦い続けていた。このまま父たちの戦いの記憶の中で永遠に戦っていたい。

だがその時、一人の鎧武者が目の前に立ちはだかった。太陽を背に受けて、大槍を地面に突き立てている。その威風、泰然として揺らがぬさまは大将のそれであった。

「真を見よ」

それは静かだが一喝されたように甚次郎の身が縮む。彼が受けたことのない父の叱責であった。だが彼は言い返したかった。真を皆に知ってもらいたかった。父は戦場を見つめている。敵が充満し、味方の屍を踏みしめている。

残っているのは怯え切った若者たちだった。その顔には見覚えがあった。

「これこそが戦の真なんだ」

甚次郎は叫びたかった。この凄惨と恐怖の上に、皆が生きているんだ。わかったらもう戻れ。恐怖に失禁している若衆たちの頬を張る。だが、彼らに甚次郎の姿は見えていない。怯え、身を縮めている彼らの上に影が落ちた。

かちん、と薬売りの退魔の剣が鳴る。

「真を……得たり」

甚次郎が顔を上げると、そこには戦場の記憶を彼に見せていた饕餮が見下ろしている。金色に光る眼はただ虚(うつ)ろで、口が開くと戦場の記憶がまた吸い込まれていく。

「もう食わないでくれ。こいつらは違うんだ」

だが饕餮は耳を貸さない。

甚次郎の怒りや若衆たちの恐怖を飲み込んでいく。我を見失いそうになった時、父の姿が再び視界の隅に入った。雄々しく戦場に立ち向かおうとしたまま、佇立(ちょりつ)している。

そしてその姿がゆっくりと前のめりに倒れた。敵と戦って倒れたのではない。後ろから一撃を受けてそのまま絶命したのだ。島津勢は反転し、やがて敗走を始めた。

父を刺した男はそのまま川を渡って逃げていく。男が一瞬こちらを振り向いたとき、甚次郎は絶句した。

「与兵衛……」

苛烈(かれつ)な戦場から生き残り、穏やかな余生を過ごしているはずの老戦士がこのような禍々(まがまが)しい行いをするはずがない。

「真を見たのですね」

背後から声がする。背中に冷たい刃が擬されている。

「山中勢が守っていたのは空の本陣でした。我らを犠牲にして、殿をはじめとする主力は敵の背後に回って壊乱させる策をとりました」

「父も千林家中の重臣だったはず。策を話し合ったのではないのか」

「山中勢は戦に疑念を持ってはならなかった」

「疑念を持ったところで怖気(おじけ)づく父たちではなかったはずだ」

「敵を欺くためには仕方なかった」

与兵衛の言葉を受けるようにカチン、と剣の鳴る音が響く。

「ではなぜ殺した！」

与兵衛の顔が初めて苦しそうに歪(ゆが)んだ。

「山中どのは気づいておられた」

「自分たちが捨て石にされたことにか」

「決して……決して捨て石などではない」

甚次郎は顔を歪めている与兵衛を見て、

「さては、主命だったのか」

与兵衛は甚次郎に突き付けていた脇差(わきざし)を己の腹に突き立てようとした。甚次郎はその腕に飛びつき脇差を取り上げる。その刹那、与兵衛の口から恐ろしい叫びが吐き出された。無数の馬や山羊が嘶くような耳に障る音だ。饕餮が全てを食らっていく。

「理、見えたり」

静かな声に続いて、かちん、と剣の柄頭が歯を嚙み鳴らす。

薬売りが異様な姿へと変貌していく。それは甚次郎が知る戦う男の姿とはかけ離れていた。露わになった肉体には炎のごとき紋様が浮かび上がり、顔を装っていた隈取はさらに深いものとなる。

その剣は饕餮の牙と切り結び、その度に河原が揺れ動く。戦場の無念をその身に蔵した饕餮は猛りたち、薬売りの斬撃を受けても怯まない。暗い河原で言葉を交わした時の静かな気配ではなく、激しい闘気が川面を乱している。

あれこそがまさに戦だ。あの薬売りも間違いなくいくさ人なのだ。彼のように父は戦った。その記憶を、事実を歪めてほしくない。主君が知らなくとも、僚将たちが目をそらせていても、それがなんだというのだ。

間に合わなかった。父を、家を助けられなかった。

人の輪から外れ、己をなぐさめ、他を恨んだ。

それは戦ではない。今からでも遅くはない。山中甚次郎の戦を始めるのだ。

饕餮などというモノノ怪の餌にされ、反芻などされなくとも俺が後世に語り継いで見せる。それが戦なき世に命を受け継いだ者の使命だ。甚次郎は力の限り父と母を呼ぶ。彼に命を受け継がせた一族の名を知る限りに呼んだ。

その時、薬売りを追い詰めていた饕餮の動きが一瞬止まった。その巨大な双頭のあちこちに異様な凹凸が現れ始める。青銅色の肌から白銀に輝く小さな光が無数に突き出ている。

父の大槍の穂先が見える。母の長刀の刃が見える。悶え苦しむモノノ怪を前に、薬売りが剣を振りかぶった。

※

大名同士による国替は幕府の命によりしばしば行われた。国替では大名家はもちろん、家臣とその家族の全てが移動し、また新たに大名か代官がやってくる。それぞれの引越しだけでなく、残していく物を後任に引継がなければならない。

月ヶ瀬藩は小藩とはいえ、城内や城下の備品目録の作成、城の受け渡し、幕府や朝廷から派遣された上使の接待など、やるべきことが限りなくある。

その引継ぎ役を担ったのは、山中甚次郎だった。彼は月ヶ瀬藩千林家の「三老」の当主として国を引継がせ、自らは士分であることを捨てて土を耕す生活に入った。

だが両刀を捨てた後も、この地で戦った守護神として庭先の供養塔には参詣する人が絶えなかったという。

第六話　ぬっぺらほふ

東条忠義（とうじょうただよし）

直参旗本で武芸に励み、若年寄の覚えをめでたくして書院番組に抜擢。本郷で妻・椿としっかりものの長女・竹が行方不明に。残った娘の楓の大奥入りを果たすべく、武芸・学問に精を出させる。

東条楓（とうじょうかえで）

忠義の娘で、厳しく鍛えられ、居合の稽古に精を出し、そのあたりの男には乱取で負けぬ腕前。四書五経を諳んじるほどに学問にも励んでいる。母と姉の行方を懸念している。

吉野（よしの）

楓と同じ年頃の隣人で親友。

堀田掃部（ほったかもん）

忠義に本郷前田藩邸周辺の怪異退治を命じる。

ぬっぺらほふ
そのお女中なるものは向きかえった。そしてその袖を下に落し、手で自分の顔を撫でた。見ると目も口もない。（小泉八雲『貉』）

※

「竹、急ごうね」

椿が娘に声をかけると、しっかり者の長女はきっとくちびるを結んでうなずく。

日が落ちて出歩くものではない。

そう夫に言われていたのに、と彼女は悔やみながら帰り路を急いでいた。下の娘が産まれ、上の娘を母親に預けていた。まだ日が長い季節のつもりで過ごしているうちに黄昏が迫っていることに気づいた。

母が勤めている本郷の加賀藩邸から御徒町の自宅までさほど遠くはないが、途中で人気のない一角を通らねばならない。この辺りは昼間でも人通りが少ない。堀端の柳が夕暮れの中で風に揺れている。

母の言うように泊まっていけばよかったが、赤子の世話を夫に任せるのも不安ではあった。娘の手を引いて風に揺れる柳の横を通り過ぎようとしたとき、大きな影がすいと滑り出てきた。

とっさに娘を抱えて走り出す。泰平の世になって長らく、人通りさえあれば江戸は治安のよい町だ。だが一本路地に入ればどのような危険があるかわからない。そう母に注意されてきたではないか。

「おいてけ」

追いつかれて肩を摑まれ、つまずいて転んでしまう。その手には見たことのないような刃の厚い刀が握られている。

「その美しい顔、置いていけ」

「なんでも差し上げます。ですから娘だけは……」

腕の中に強く抱きしめた娘が、残酷な強い力で引き離される。ぎゃっ、という濁った悲鳴が男から発せられた。

「母上、逃げて！」

だが次の瞬間、娘の顔から鮮血が噴き出した。男が醜く顔を歪ませ、刀を一閃させている。

「竹！」

美しい娘の顔がなくなっている。鼻と口のあった場所から血の泡が湧き出し、やがて消えていく。やがて目の前に白い刃が迫っても、彼女は娘の顔をずっと撫で続けていた。

一

親に孝行！
夫に貞節！
主君に忠義！

まだ薄暗い屋敷の片隅で少女は何度も唱えている。その他にも勤勉であること、慈善であること、母となれば子を愛すること、勉学を怠らぬこと、そして容貌の美しさを極めること……。

「今日も一日、強く、清く、賢く、頑張るぞ！」

楓は毎朝の誓いを終えると、襷がけとなって家事に勤しむ。がらんとした屋敷に人の気配はなく、庭も荒れ果てている。だが屋敷の廊下は磨き上げられて光っており、障子の桟に埃も積もっていない。

言行伴わなければ意味をなさない。実のない女があの城の奥に入ることなど許されないと常に教えられている。婦道をただ修めるだけでは足りない。その道を極めた者だけが天下の主に仕え、その妻となる資格を得る。

掃除と炊事を終える頃、陽光が庭に入り始める。庭の片隅にある小さな道場では、既に直参旗本である父の東条忠義が居合の稽古を始めている。関口流の柔術と居合は東条家の祖がかつて紀州公に仕えていた頃に学んだと聞いている。楓も父に厳しく鍛えられ、そのあたりの男には乱取で負けぬ腕前だ。

「お父さま、朝餉の用意が整いました！」

道場の外から声をかける。

「強くなければ、清くなければ、賢くなければならない。そして何より、美しくあらねばならない」

忠義は日々厳しく命じる。前の三つに関しては楓もいささか自信があった。鍛えている。稽古の他は男子と言葉を交わしたこともない。四書五経を諳んじるほどに学問にも励んでいる。

だが美しさはどうか。

手鏡で己の顔を見たことはある。眉（まゆ）の手入れ、人に嫌悪されない化粧の仕方まで父は教えてくれる。街に出て美しいものを見よと花見にも連れ出してくれる。街に出ると驚くほど人がいる。

「彼ら全てより美しくあらねばならん」

父の教えは絶対だ。

「美しくなるにはいかがすればよろしいですか」

途方に暮れた楓は父に問うたことがある。他のことは父や師がいて多くのことを教えてくれる。自ら鍛えても手ごたえがある。だが美しさに手ごたえはない。

「憂える必要はない」

何事も的確な答えをくれる父が途端にあやふやになる。

「そのことはわしが手を尽くす。お前はただ日々のことに励んでいればよい」

そう言われれば黙るしかないが父の「手を尽くす」には時に閉口している。特にこの日のように、昼前から旅の商人が門前に来ている時などがそうだった。

父が出てくる前に帰ってもらおうと思ったが、お帰りを願うより先に廊下を歩いてくる音がした。

「楓、お前は道場で剣を振っていなさい」

そう命じると、玄関先で旅商人と何やら話している。ただ、今日の薬売りはいつもと様子が違った。美しい狐のような面差しに、傾奇者のように彩やかな衣でありながら、その所作は剣の達人のように静かで隙がない。

おおよそそこで買わされるものは、よくわからない虫の佃煮やヘビやトカゲの黒焼きといった類である。楓は和漢様々の書で勉強させられているから薬についての知識も一通りあるが、トカゲの黒焼きが美貌の元になるとはどうしても思えなかった。

それでも、父が決して豊かでない懐から出してくれるものだと思えば拒むことはできなかった。道場で剣を振る気にもなれず庭先でため息をついていると、塀の割れ目から隣の家の娘、吉野が顔を出した。

「また変なものを食べさせられそうになってるの」

「そうなるかどうかわからないけど」

楓はため息をつく。

「楓ちゃんは器量よしだから、お父さんも望みを持っていらっしゃるのね。私は楓ちゃんみたいに美人じゃないから、父も母も早々にお城に上げるのは諦めてくれたわ」

楓は吉野に出会うまで、自分を鍛え上げて勉学に励み、父の言うように大奥に入ることだけが人生の幸福だと思っていた。だが吉野を見ていると、そんな確信が揺らいでくる。

「私は楓ちゃんがとても羨ましいよ」

吉野はいつも言う。

「もしお城に入って偉くなっても、私のことを忘れないでね」

「忘れるわけないじゃない」

楓にとって吉野は唯一の同じ年頃の友達だった。彼女は剣術も柔術もやっていなければ、四書五経を諳んじられるわけでもない。しかし、どこの茶店の団子がうまくて、どの屋台のそばがうまいとか、おいしいおはぎの作り方であるとか、帯のちょっとした崩し方とか楓が知らないことを多く知っていた。

「父さまに大奥に入らなくていいって言ったらどんな顔するかな」

吉野には心を許してそんなことを口走れる。だが、何でも微笑んで聞いている吉野がその時だけは真顔になった。

「お父さまの前で決してそんなこと言っちゃいけないよ。剣術も勉学も大変だろうけど、今それができるのは楓ちゃんしかいないんだから」

「分かってるよ。ちょっと言ってみただけ」

吉野がそう言う理由もよくわかっている。ただ、時に重荷に思うのをわかってもらいたかっただけだった。

二

　鏡で見てみても、己の顔が美しいのか醜いのかが判断できない。ただ、他の人の顔はよくわかる。吉野は自分では器量が良くないと言っているが、楓からすると丸い頬と耳たぶがなんとも可愛らしく、いつまで見ていても飽きない美しさがある。彼女に限らず、街に出ればたいていの娘たちも自分よりは器量よしに見える。

　仏間を清め、花を供えて手を合わせる。

　母と姉は美しい人だったと二人を知る人は皆が言う。賢かったという、清らかであったという。二人に追いつきたいとは思っているが、記憶に残っていないのでどう追いついたらいいのかわからなくなる。

　仏壇には香り袋が二つ、行儀よく並んでいる。手に取って嗅ぐと、まだ微かに白檀の香りがする。ただ白檀そのものとも少し違うから、これが母や姉の匂いなのだろうと大切にとってある。

「楓、いるか」

呼ばれて慌てて返事をする。どうやら薬売りとの話はついたようだ。いつも来ている脂ぎった小太りの男ではなく、切れ長の瞳(ひとみ)と首から肩にかけての引き締まった筋肉が印象に残る若い男だった。

「今日は蛇の黒焼きではない。これを使えば傾城(けいせい)の美貌を得られること間違いなしという逸品を手に入れたぞ」

「逸品、ですか」

「そうだ。これを見るがよい」

懐紙に包んだ小さな紙包みを取り出す。鼻を近づけてみると、くちなしの花のような清らかな香りがする。さすがに虫や蛇の類ではなさそうだ、と包みを開いてみると、しっとりと湿り気を帯びた紙が入っている。

「これは……」

「美しい花々の水をしみこませた紙らしい」

あやしい物ではないかともう一度匂いを嗅ぐが、かぐわしい花の香りが漂っているのみだ。潤いのもととなっているのも花の露のように肌触りがいい。何より不思議なのは、風にあたっても全く乾かないことだった。

「沐浴(もくよく)の後で試してみようと思います」

「うむ。それでな、いよいよ大奥への道が開けそうなのだ」

「それはまことですか」

ためらいはあるとはいえ、やはり楓も嬉しかった。ただ、旗本から大奥に入れたとしても、大奥での出世は簡単ではないことも楓は知っている。

俗に「一引き、二運、三器量」といわれ、有力な女官、御年寄の後ろ盾がなければ、どれほど才覚に優れて美しくとも引き立ててはもらえない。そして天子の好みにかなうかどうかは自らの努力ももちろんあったが多くは運であるし、大奥には天下の美女が集められている。

その三つを手に入れるために、父と娘は日々力を尽くしている。その父の努力の一つが身を結んだ。

「ついに書院番組へのお勤めがかなったのだ。これまで励んできたかいがあった」

太平の世、旗本は小普請組など閑職で時を過ごすことが多かった。そんな中、忠義は武芸に励み、何か務めがありそうとみるや自ら買って出て若年寄の覚えをめでたくして書院番組に抜擢されたのだ。

「それもこれも、若年寄堀田掃部さまに近づかんがため。堀田さまの妹御は大奥御年寄として勤めておられる。掃部さまにはかねがね楓を大奥に入れられないか相談申し上げていたところ、ついに」

それを聞いて楓は胸の前で手を打った。

「ついに『引き』を手にされたのですね」

忠義は大きく頷いた。

三

書院番役は日番で勤めに上がる。天子が城を出る際の下見や警護、門の警備、西の丸の警備など仕事は多いが、城の中枢で働くことのできる旗本にとっては名誉であり、かつ緊張の続く仕事であった。

この日は出仕するなり上役の若年寄、堀田掃部に呼ばれた。

「天子さまが一旬後、加賀前田藩邸にお立ち寄りなされた後、寛永寺にお出かけなさる。道中の検分を頼みたいのだが、一つ気がかりなことがあってな」

加賀藩邸のある本郷は中山道沿いにこそ町家があって往来の賑わいもあったが、敷地の広大な武家屋敷が続き人通りも少ない。

「そこにぬっぺらほふという怪異が出るという」

「ぬ、ぬっぺらほふ？」

「野箆坊（のっぺらぼう）ともいうらしいがな。目鼻も口もない妖（あやかし）だそうだ。その正体は唐土から来た肉塊の怪物『封』とも噂されるが定かではない。目鼻もない故、何物とも正体が分からず、捕えることも鎮めることもできないと聞く」

忠義は驚いた。堀田掃部は謹厳実直、これまでその口から心霊の類の話を聞いたことがない。都の庶民の間にはそのような話が流布していることは忠義も知ってはいたが、あまり本気にはしていなかった。だが、上役の言うことである。まじめな表情を崩さず続きを待った。

「そこに見目よき男女が通ると、置いてけ置いてけと袖（そで）を引くらしいぞ」

忠義以上に大真面目に堀田掃部が話すので、彼は危うく噴き出しそうになった。上役の話を笑うなどそれこそ士道不覚悟だ、と表情を崩さない。

「その怪異の言うとおりにせぬと、恐ろしいことがおこる」

さすがにその続きを聞いて、忠義の中からもおかしみは消えた。

「顔の皮を剝（は）ぐとはなんとむごい……」

「加賀藩邸の知り合いに探りを入れたところ、十数年前からそのような噂はあったらしい。夕刻にあのあたりを通りかかった娘が突然姿をくらましたり、顔を剝がれたむごい姿で見つかったりとな……。ともかく、天子さまの行かれる道にそんな面妖(めんよう)なものが出るとあっては気が休まらん」

「その怪異の源を断てばよろしいのですね」

「左様。人数がいるようならいくらでも出す。ただその怪異、どこか用心深いところもあると見えて、加賀藩邸が人数を出して探しまわった時には全く気配も感じさせなかった。この務めをうまく果たしてくれたら、先だって言っていた娘の大奥入り、喜んで口をきかせてもらおう」

「もったいなきお言葉」

だが、一つだけ気にかかることがあった。

「懸念があればなんでも申せ」

堀田掃部は仕事に関しては大方のことを聞いてくれる。もちろん、忠義たち書院番同心(どうしん)や与力たちの意見が通るとは限らなかったが、少なくとも耳は傾けてくれる。

「私の妻と娘が行方知れずになったのもあのあたりなのです」

「ああ……そうであったな」

掃部は気の毒そうに目を伏せた。

「あれから何か手掛かりはあったのか」

「いえ……神隠しと周りには言われておりますが、私は二人がどこかで無事でいる気がしてならないのです」

「だといいな……。ともかく、本郷の怪異の件、頼んだぞ」

怪異を倒せば大奥への口をきいてもらえる。その話を聞いた時、忠義はうれしかった。これでいよいよ目指すべき場所へと向かえる。だが、父が本郷の怪異を討ち果たして後のことだと聞いた娘は不安そうな表情を浮かべた。

「本郷といえば母さまと姉さまが行方知れずになった場所では」

「そうだ。だからなおさら怪異の正体を突き止めねばならん。椿と竹の手掛かりが何か見つかるかもしれん」

「私は……父上に万が一のことがあったら」

「お前は日ごろ俺の何を見ているのだ」

忠義は娘の肩に手を置いた。

「無役だった俺が無為の日々を捨て、誰よりも鍛え学び、書院番役を仰せつかるようになった。それもこれも楓のため。行方知れずになった椿と竹のため。お前もその鍛錬を知っているだろう。そのあたりの化け物には負けんよ」

娘の不安を振り捨てるようにして忠義は屋敷を出た。

御徒町から本郷までは都の大城をぐるりと回る形になる。大小さまざまな大名、旗本屋敷、その間を埋めるように建ち並ぶ商家や長屋。無数の人の暮らしの気配をみなぎらせる天下の中心を見下ろすのがあの城だ。

あそこに娘を入れれば……と忠義はくちびるを嚙む。自分よりもさらに腕の立つ武人が無数に守っている。書院番役になって、旗本の中にも腕の立つ者が多くいることを改めて知った。そして幕閣の命一つで何万石もの大名がこの世から消え去るのを見た。

「楓はあそこにいるのが一番安全なのだ」

勤めの苦しみはあるかもしれないが、妻や娘が突然行方知れずになるつらさに比べれば何ほどのこともない。

本郷の前田藩邸の門は鮮やかな朱塗りとなっている。将軍家の姫君が降嫁した栄誉の証である。天子は嫁いだ娘をかわいがっており、度々訪れていた。そのような場所の近くに道行く者の顔を剝ぐ怪異など確かに放っておけるものではない。

中山道から離れるほど人の気配は消えていく。堀田掃部から怪異が出ると聞かされた場所まで行くと、屋敷の塀が入り組んだより人目のない場所へとさしかかった。おりしも日が暮れて塀際に立つ柳の樹が凄愴な気配を放っている。

忠義が学んだ剣術の修行の一つに夜目を鍛える、というものがあった。新月の曇り空のような闇の中でも数間先の人が見分けられるよう修練を積んでいる。

闇の中から何者かが見ているような気がする。それが怯えのもたらす幻覚なのか、怪異が獲物を狙う視線なのかを見極めようとした。その時である。

「おいてけ」

と声がした。これが掃部の言っていた怪異か、と忠義はそっと手を柄にかける。今の一声では間合いがはかれなかった。近いようで遠い奇妙な声だ。

「おいてけ」

戦いの場で声を発するのは愚か者のすることだ。それが己の位置を敵に教えることになるからだ。だが、それを逆手にとって罠に嵌める場合もある。声は二度聞こえ、それぞれ方角が違う。怪異は二匹いるか、もしくは一匹で声を操る術を使う。

どちらにせよ、次のひと声で斬る。心と呼吸を鎮め、柄に指を軽くかける。相手も声を発することでこちらとの間合いをはかっているはずだ。だが、忠義は絶句した。

そこにいた「それ」は確かに人の形をしていた。だが髪はなく、顔もなく、性別を表す特徴もない。ただ肉の塊が人の形をして佇立している。人に似て人に非ざるものの不気味さに悲鳴を上げると、その妖は消えた。剣の歯がかちりと鳴るのを耳にしたかと思うと、目の前に見覚えのある男が立っていた。

「ぬっぺらほふの形を得たり。あなたにあのモノノ怪を斬ることはできぬ」

「お前は……先日の薬売りか。斬ることができぬとはどういうことだ」

「形、真、理そのいずれも明らかになっていない」

そう言うと薬売りは闇の中へ消えた。我に返って辺りを見回すと、先ほどまで一帯を包んでいた瘴気が消えている。

「……何が形、真、理だ。次はあの怪異、必ずや討ち果たしてくれる」

忠義はその足で堀田掃部のもとへと向かった。

「なるほど、怪異はいたのか……」

忠義は一瞬、奇妙さを覚えた。怪異がいるから討ち果たせと命じたのは掃部のはずなのに、驚いたような表情を浮かべたからだ。だがその表情はすぐに消え、

「姿を捉えられないのも当然だ」

「と言いますと？」

「怪異は襲う相手を選んでいる。顔の皮を剝がれたのはみな見目美しい若い男女であったと聞いている」

「なるほど……」

　そういうことなら、こちらにはもう一枚手ごまがある。忠義は一計を思い付いて掃部に進言すると、その心がけあっぱれだ、と称えられた。

四

　あの程度の怪異に負けないほどの手練は積ませてある。勢い込んだ気持ちのまま、忠義は娘に化け物退治を手伝うように命じた。

「はい……でも」

「怖いか？　この程度のことで怯えているようでは大奥ではやっていけないぞ」

「……わかりました」

「よし。では明日の夜さっそく向かう。お前は小太刀だけを隠し持て。化け物が姿を現したら俺が斬る」

　父の命には逆らえない。だが楓の胸には釈然としないものが残った。

　翌朝目覚めた楓は、障子を開けて驚いた。

　薬売りが庭石の上に立ち、じっと見つめている。

「な、何ですかあなた……」

「怪異の執着に囚われるな」

何事か問いただそうとした時には薬売りの姿は消えていた。

奇妙なことと首をひねりながらも普段の家事や鍛錬、勉学をこなさねばならない。

いつものように朝の家事を済ませて庭の掃除をしていると、隣から吉野が顔を出した。

「今日は調子悪そうね」

「どうしてわかるの」

「剣を振る音が鈍かった」

「……吉野ちゃん、剣の達人みたい」

楓が言うと吉野は口をおさえて笑い出した。

「適当に言っただけだよ。だって、浮かない顔して箒持ってるんだもん」

「顔に出てたのね」

父からは喜怒哀楽はなるべく出すなと言いつけられている。武士は三年片頰という言葉がある。三年に一度微かに笑むくらい泰然としたものでないとならないらしいが、若い娘にそれも酷な話だと楓は思う。

「それで、調子の悪いわけは何なの？」

さすがに言うべきか迷ったが、楓はとても抱えきれなかった。怪異の残酷なところだけはうまくぼかして話す。

「ひどい」

吉野は我がことのように怒った。

「その怪物、恐ろしいことをするんでしょ？　いくら鍛えてるからって娘を囮（おとり）に使ったりするかな普通」

「普通じゃ大奥に行けないんだって」

「そうかもしれないけど……。ね、私が代わってあげようか」

「なんてこと言い出すの」

「私が囮になって、楓ちゃんとお父さまがすぐそばで守ってくれたら、そのお化けに会えるかもしれないね」

「怖くないの？」

「わりとそういうお芝居とか講釈好きなの」

舞台や高座で聞くものとは違うのだ。仕方なく、その怪異は若い娘の皮を剝（は）いだりするのだというと、さすがの吉野も青ざめて首を振った。

「だったらなおさら楓ちゃんにやらせるのおかしくない？」

「私もそう思うけど、逆に言うと私にしかできないことだと思う。それに、本郷のあたりってお母さんたちが行方知れずになったところなんだよね」

「やっぱり楓ちゃんはすごいな……。でも絶対に無事に帰ってきてね」

すっと小指を差し出す。その柔らかな小指と指切りをしながら、楓は無事に帰ってくると約束した。

夜になって、楓は男物の小袖姿に両刀を手挟み、父の後に従って屋敷を出る。若い娘姿であればより怪異を引き寄せやすくなると考えられたが、敵がどのように動くかわからない以上、戦いやすい姿にしてくれと頼み込んだのだ。

夜道で父は何も言わなかった。

囮にしてすまないな、と一言でもかけてくれたら勇気が出るのに。だが、このような心を表に出すことを父は何より嫌った。母や姉に会いたいと強く思った。彼女らの柔らかくかぐわしい腕の中でもう少し時を過ごしたかった。

こんな時につまらぬことを思うのも、修練が足りぬからだと楓は己を責める。やがて道は本郷に差し掛かる。前田家の赤門を過ぎてしばらく経つと、これまでと気配が一変する。武家屋敷の塀と点在する柳が見える景色は変わらないのに、何かがおかしい。

「お父さま……」

「ここから先、一人で行け」

「でも」

「俺が必ず守ってやる」

父の声には厳しさがあった。化け物も怖いが、父の叱責はもっと怖い。勇をふるって、歩を踏み出す。いくら修行を積もうが怖いものは怖い。闇の中でもものを見分ける術は修めているが、そもそも暗闇が嫌いだ。

いつでも抜刀できるよう力を抜いて両手をさげ、腰を少し下ろしてにじるように進んでいく。その時である。

「おいてけ」

と耳元で声がした。悲鳴を上げそうになるのを抑えて一気に抜刀する。鋭い刃風が闇を斬るが、手ごたえはない。

「おいてけ」

今度は別の方角から声がする。恐怖で膝が震える。この闇の中には何かがいる。若い娘の顔を剝ぐような残酷な怪物の爪牙が自分を狙っている。

怪異が現れれば父が来てくれるはずなのに、その気配がしない。父を呼ぼうとしたが、恐怖で喉(のど)がひきつって声が出ない。このような時、取り乱すような者に大事がなせるか。

父の助けの代わりに薬売りの姿が目に入った。助けを呼ぼうとする口が怪異の手に塞(ふさ)がれる。

「おいてけ、おいてけ」

生臭い臭いは野犬のそれに近かった。だが、おいてけと繰り返す怪異の声を聴いているうちに、不思議な心持ちになった。恐怖が消え、どこか懐かしさを覚える香りがするのだ。それが誰の香りかを思い出しているうちに、涙が流れてきた。

「姉さま」

と呼びかけた。

かちん、と退魔の剣が鳴る。

「真を……得たり」

薬売りが静かに呟いた。

「おいてくよ。姉さまの欲しいもの、私から持っていって。顔の皮でも魂でも、姉さまが持っていたほうが本当はいいんだもの」

遠ざかる気配が再び近づいてきた。そしてふわりと柔らかな腕に抱きしめられる。そこにはもはや怪異の生臭い臭気はなく、姉と母の柔らかな香りだけがあった。消えゆく気配を薬売りはじっと見つめていた。

五

その日以来、本郷前田藩邸の周辺で恐れられていた怪異の影は消え去った。これには堀田掃部も大いに喜び、忠義を称えた。掃部は奥女中見習いとして相応しい打掛姿の楓を見て目を細めていた。

「母親譲りの美しい娘であるな。父と力を合わせて化け物を退けたその冷静さと勇気、きっと天子様や御台所様の力となるであろう」

楓は手をつき、

「もったいないお言葉にございます。若年寄さまのお力添えで、念願かないました」

と礼を述べた。頷いた掃部は、

「そして忠義、お前もよくわしの命を果たしてくれた。書院番組同心としてあっぱれの働きぶりである。これよりは書院番組与力として、皆の手本となりさらに精励することを期待する」

そう言うと掃部は手ずから杯を二人に渡した。

「それでは祝杯を挙げようではないか。当主は書院番組の与力、娘は大奥の女中となる。東条家これほどの慶事はあるまい。明日のこともある故、過ごしてはならぬがな」

「楓、一杯だけいただきなさい」

促されて楓は杯に口をつける。

「忠義も、さあ」

掃部が杯を干すのに従って忠義も美酒を味わう。数献進んだところ忠義が立ち上がろうとしてよろめく。

「どうしたものでしょうな。この程度の酒量で酔いを感じたこともないのですが」

「怪異と対峙したこと、娘の大奥入りと知らぬ間に気が張っていたのであろう。今日は何も気にせず休んでいるがよい」

「そ、そうは参りませぬ。少し憚りで頭を冷やしてきます」

廊下でばたりと人が倒れる音がする。

「さすが、怪異を退けるだけのことはあるな」

楓の体も前後に微かに揺れている。

「それにしても、美しく育ったものだ」

「掃部さま、一つお訊ねしたいことがございます」

「なんでも申せ」

「先ほど、私を見て母に似て美しいとおっしゃいました。何より嬉しいお言葉ではございますが、掃部さまは母をご存じなのですか」

穏やかな表情のまま掃部が凍り付いた。

「いや、あれは……お前のように美しければ母御もさぞかし美しかろうな、というくらいの意味だ。深くは考えるな」

「またそのようなつれないことを。母の顔を、そして姉の顔を己の顔につけて美しき女性になったことをあれほど楽しまれていたのに」

楓が顔を伏せ、静かに言った。

「……何の話だ」

「辻に立ち、好む若者や娘の顔を剝ぐ。飽きればまた餌食となる者を探す。若年寄にまで上り詰めながらそうともせぬと美しさへの欲は満たされなかったのですか」

掃部がそっと膝を立てた。その時、障子の外から囁くような声が聞こえる。

おいてけ、おいてけ……

すすり泣くような呻くような、小さく、しかし強い声が部屋を包み始める。

「怪異に取り込まれたか」

「そうではありません。あなたへの恨みが私をモノノ怪にしたのです」

楓が顔をひと撫でするると、そこには何もない白い肌があるきりだった。

「ひ……」

思わず声を上げた掃部はそれでも傍らの太刀を取って一気に楓の首を薙ぎ払う。だがその一撃は柔らかい何かに受け止められた。

それは肉の柱だった。楓を守るように巻き付き、つるりとして肌理の細かい肉の柱には傷一つついていない。

「お母さま、ありがとう」

顔のない娘は礼を言う。

「私たちは探し続けていた。私たち母子を苦しめた後に顔を奪い、命を奪った者をね」

楓だった者を守った肉の柱に一つの顔が浮かび上がる。東条忠義の妻であった女性の姿を見て、掃部はついにしりもちをついた。

「つ、椿……。お前を殺すつもりはなかったのだ。お前には本当に惚れていた。あの時あそこを通りかかったお前たちが悪いのだぞ！　そこでわしを受け入れていれば、殺されることはなかったものを」

「罪なき者を苦しめた罰を受けよ」

どろりと溶けた肉の柱が掃部に取りつき、飲み込んでいく。悲鳴を上げる掃部の声が聞こえなくなったところで、肉の柱が両断された。血の脂にまみれた掃部がえずきながら転がり出る。

「理、見えたり」

薬売りの退魔の剣の柄頭を飾る獅子の彫刻がかちん、と歯を嚙み鳴らす。掃部が顔を上げるとそこには忠義とは別の剣士の姿があった。引き締まった肉体に神秘の紋様を浮かび上がらせ、白い炎に似た闘気を漲らせている。

大剣が何度も肉の柱に斬りつけるが、その柔らかさが斬撃を吸い込む。吸い込むたびに肉の柱は厚さを増し、薬売りごと飲み込む。

「おいてけ」

再び声がする。そこには怒りも憎悪もなく、ただ悲しげだった。

「母さま、姉さま、全部おいてこ？」

肉の柱が動きを止める。

「私をおいていくから、もう全部おいていいんだよ」

肉の柱から楓の顔が浮かび上がる。

「楓は大奥に入らなくてよいの？　父さま（てて）と一緒にいなくてよいの？」

竹が問いかける。

「私はきっと母さまや姉さまのように賢くも美しくもない」

肉の柱から楓の声がする。

「だから姉さまが戻ったほうがいいんだよ」

竹はじっと薬売りを見つめた。

「私がモノノ怪なのですか」

「形と真と理が明らかになった」

薬売りは頷いて答える。

「私はもはや人ではない。でも、既に無念の根は断った。大きく育った楓の姿を見ることもできた。もういいよね、母さま。私たちこそが『おいて』いこう」

肉の柱から液状の何かが吐き出された。それはやがて人の形となり、赤子となり、少女となり、娘の姿へと成長した。それを見定めると、竹が薬売りを見て頷く。肉の柱から伸びた腕が竹を抱きしめ、その腕ごと薬売りの剣が斬る。

肉の柱は椿の花となって散り、堀田掃部の屋敷には静けさが戻る。やがて気が付いた忠義は屋敷の荒れ果てた様に呆然としていたが、薬売りから事情を聞くや娘を抱きしめ、全てを押し付けてすまなかった、と涙ながらに謝るのだった。

※

大奥へ入る朝も、楓の日常は変わらない。父のために朝餉(あさげ)を用意し、家を掃き清め、庭を見てひと息つく。いつもと違うのは、朝の家事が一通り終わると晴れ着を身につけて御城へと向かう。

旗本の娘が奥女中として入るのに迎えは来ない。盛大な行列もない。それでも、美しく装う楓の姿は質素な旗本屋敷で花が咲いたような鮮やかさだった。

「やっぱり楓ちゃんはきれいだねえ」

塀の割れ目から吉野はため息をつく。

「そんなことないよ。着物とお化粧のおかげ」

「お城に入っちゃうんだね。寂しくなるな」

「うん……でも、これが父さまの望んだことだし、母さまも姉さまもきっと応援してくれてることだから」

「でも嬉しいよ。約束を守ってくれて」

「約束？」

「お化け退治に出かけて無事に帰ってくるっていう約束」

「……うん、そうだったね。無事に戻れてよかったよ。そろそろ行くね」

「たまにはお手紙ちょうだいよ」

微笑んで頷（うなず）いた楓はゆったりとした足取りで去ろうとする。これまでの町娘の快活さは消え、天下の主（あるじ）に仕える女性の気品が早くも表れているようにも見えた。これまでの友が消えてしまうような気がして、吉野は思わず楓の名を呼んだ。振り向いた友の顔には、何もなかった。眉（まゆ）も目も鼻も、くちびるも消えていた。

本書は書き下ろしです。

令和4年 6月25日　初版発行
令和6年 9月15日　9版発行

発行者●山下直久

発行●株式会社KADOKAWA
〒102-8177　東京都千代田区富士見2-13-3
電話　0570-002-301（ナビダイヤル）

角川文庫 23096

印刷所●株式会社KADOKAWA
製本所●株式会社KADOKAWA

表紙画●和田三造

●お問い合わせ
https://www.kadokawa.co.jp/（「お問い合わせ」へお進みください）
※内容によっては、お答えできない場合があります。
※サポートは日本国内のみとさせていただきます。
※Japanese text only

ISBN 978-4-04-112164-1　C0193

◆◇◇

角川文庫発刊に際して

角川源義

第二次世界大戦の敗北は、軍事力の敗北であった以上に、私たちの若い文化力の敗退であった。私たちの文化が戦争に対して如何に無力であり、単なるあだ花に過ぎなかったかを、私たちは身を以て体験し痛感した。西洋近代文化の摂取にとって、明治以後八十年の歳月は決して短かすぎたとは言えない。にもかかわらず、近代文化の伝統を確立し、自由な批判と柔軟な良識に富む文化層として自らを形成することに私たちは失敗して来た。そしてこれは、各層への文化の普及滲透を任務とする出版人の責任でもあった。

一九四五年以来、私たちは再び振出しに戻り、第一歩から踏み出すことを余儀なくされた。これは大きな不幸ではあるが、反面、これまでの混沌・未熟・歪曲の中にあった我が国の文化に秩序と確たる基礎を齎らすためには絶好の機会でもある。角川書店は、このような祖国の文化的危機にあたり、微力をも顧みず再建の礎石たるべき抱負と決意とをもって出発したが、ここに創立以来の念願を果すべく角川文庫を発刊する。これまで刊行されたあらゆる全集叢書文庫類の長所と短所とを検討し、古今東西の不朽の典籍を、良心的編集のもとに、廉価に、そして書架にふさわしい美本として、多くのひとびとに提供しようとする。しかし私たちは徒らに百科全書的な知識のジレッタントを作ることを目的とせず、あくまで祖国の文化に秩序と再建への道を示し、この文庫を角川書店の栄ある事業として、今後永久に継続発展せしめ、学芸と教養との殿堂として大成せんことを期したい。多くの読書子の愛情ある忠言と支持とによって、この希望と抱負とを完遂せしめられんことを願う。

一九四九年五月三日